Bibliografische Information der Deutschen Nationalbibliothek:
Die Deutsche Nationalbibliothek verzeichnet diese Publikation
in der Deutschen Nationalbibliografie, detaillierte bibliografische
Daten sind im Internet über dnb.dnb.de abrufbar.

TWENTYSIX – Der Self-Publishing-Verlag
Eine Kooperation zwischen der Verlagsgruppe Random House
und BoD – Books on Demand

© 2016 Walter, C.M.

Herstellung und Verlag:
BoD – Books on Demand, Norderstedt.

ISBN: 9783740712976

Emily

Gefährliches Verlangen

C.M.Walter

1. Hallo Baby

Es war eine kalte Nacht im Dezember als in einer kleinen Klinik am Stadtrand von London um elf Uhr nachts ein Mädchen auf die Welt kam. Ein starker Schneesturm erfüllte die ganze Stadt mit frostigen Temperaturen, verbreitete aber zugleich eine unglaublich friedliche Stimmung.

Während der Schnee sich über die Landschaft legte, sagte ein Arzt nach fast zwei Stunden Anstrengung endlich den erwarteten Satz. „Herzlichen Glückwunsch, es ist ein Mädchen und sie ist gesund." was die Mutter aufatmen ließ und ihr ein erfülltes Lächeln entkam, als man ihr das kleine Geschöpf in die Arme legte.
Schweißüberströmt und erschöpft gab die 34-jährige Mutter, die sich schon so lange ein Kind wünschte, ihrer neugeborenen Tochter, den Namen Emily.
Smaragdgrüne Augen machten das Gesicht des knapp über drei Kilo schweren Babys schon von Anfang an unverwechselbar.
Julia war stolz so ein schönes Kind auf die Welt gebracht zu haben. Auch wenn es keine Vaterfigur haben wird, weil sie aus einer Affäre entstanden ist, wusste die Mutter, dass sie ihr ein gutes Leben ermöglichen wollte.
Schließlich war sie Psychiaterin und hatte somit ein gesichertes und nicht zu knappes Einkommen.
Bereits am übernächsten Tag, nach den üblichen Untersuchungen wurde die frisch gebackene Kleinfamilie entlassen und Emily konnte mit Ihrer Mutter in deren Townhouse ziehen.
Es befand sich in einer schönen, ruhigen Gegend der Hauptstadt. Der Backsteinbau erstreckte sich über zwei Etagen und hatte von außen durchaus etwas königliches

und das spiegelte sich auch in der Einrichtung wieder.
Eine moderne Interpretation von Klassik mit zeitlosen Möbelstücken und neuer Kunst machten das Haus wohnlich und trotzdem aufregend.
Das Kinderzimmer war schon komplett eingerichtet und es fehlte absolut nichts. Ein Gitterbett stand vor einem riesigen Erkerfenster von dem aus man einen wunderschönen Blick auf die Schnee bedeckten Straßen von Kensington hatte, eine Ecke voller Stofftiere schmückten das Zimmer und ein Wickeltisch neben ein paar Kommoden gefüllt mir Babyklamotten machten den Raum komplett. Besonders das warme und gedimmte Licht versetzte den Raum in einen Zufluchtsort voller Ruhe und Entspannung.
Das Zimmer verfügte auch über einen Durchgang zum Schlafzimmer ihrer Mutter, so dass die immer hörte wenn Ihre Tochter weinte.
Doch im Gegensatz zu vielen anderen Neugeborenen, war Emily ein sehr ruhiges Kind.
Selten hörte man sie schreien und es dauerte auch nicht lange, bis sie die Nächte einigermaßen durchschlief. Julia jedenfalls tat das nicht, sie musste sich erst daran gewöhnen, dass ihr Baby so ruhig ist und das dauerte seine Zeit.

Emilys Vater war nur eine Affäre für ihre Mutter und in beidseitigem Einverständnis hatten die Eltern schon vor der Geburt die Abmachung getroffen, dass er sich nicht um das Kind kümmern muss und die Vaterschaft auch nicht anerkennen muss.
Doch Emilys Vater war nicht irgendwer. Er war ein angesehener und bekannter Neurochirug in London und wurde mit der ein oder anderen Methode die er selbst entwickelte in Fachkreisen sehr bekannt und geschätzt.
Nach seinem Studium in Yale kam er nach London und

spezialisierte sich auf die Arbeit am menschlichen Gehirn. Abgesehen von seiner Arbeit in der Klinik wurde er bereits mit 36 Jahren in den Lehrstuhl der Städtischen Universität für Medizin berufen um sein Wissen weiterzugeben.

Weihnachten stand vor der Tür und Julias Familie, die in Manchester lebte, kam zu diesem Anlass in die Stadt und das Fest mit ihrer Tochter und dem frisch geborenen Enkelkind zu verbringen.
Eine liebevolle Atmosphäre machte sich im weihnachtlich geschümckten Haus breit und die Großeltern verliebten sich sofort in den kleinen Nachwuchs. Auch sie waren überrascht wie ruhig und entspannt die kleine Emily doch war und so genossen alle das weiße Weihnachtsfest und unter dem Weihnachtsbaum fanden sich jede Menge Babysachen um Emily zu beschenken auch wenn die Kleine noch nicht mal krabbeln konnte.

Bereits kurz nach Neujahr beschloss Julia wieder Teilzeit arbeiten zu gehen, schließlich bezahlen sich Rechnungen nicht von alleine und auch einen Nanny war durch die Empfehlung einer Freundin schnell gefunden. Eine Frau Mitte 50 die selbst drei Kinder großgezogen hat und sich jetzt als Nanny nützlich machen und ihre Fähigkeiten mit Kindern umzugehen ausschöpfen wollte. Und ja Julia war dankbar für diese Hilfe.

Julia arbeitet mit einer Kollegin in einer Gemeinschaftspraxis gerade mal zehn Minuten mit dem Auto von Ihrem Haus entfernt und war dort als private Psychiaterin tätig.
Anfangs lief alles gut, sie arbeitete drei Tage die Woche jeweils vier Stunden und als sie nach Hause kam, schlief die kleine Emily meist unter der fürsorglichen Aufsicht von Roberta der Nanny.

Die Monate vergingen und ehe man sich versah, konnte die kleine Emily bereits auf allen vieren die Gegend erkunden, was dafür Julia und Roberta immer mehr Nerven kostete die Kleine im Auge zu behalten, aber ihnen war klar, dass das eine Herausforderung ist, die das Muttersein mit sich bringt.
Doch die Freude an der Kleinen war natürlich viel größer.

Eines Tages, entdeckte Roberta einen Ausschlag an den Beinen von Emily und beschloss mit ihr zu Julia in die Praxis zu fahren um weitere Schritte zu besprechen. Julia war ebenfalls davon überzeugt, zu einem Arzt zu gehen, aber da sie nur mehr einen Patienten hatte, wollte sie es nach dieser Stunde selbst machen so wartete Roberta mit dem Kind auf ihre Mutter.
Da sie dringend auf die Toilette musste, bat Roberta die Empfangsdame einen Moment auf die Kleine acht zu geben. Diese jedoch musste einen Anruf entgegennehmen und diese Chance ergriff Emily und machte sich aus dem Staub. Sie krabbelte ins Büro der anderen Ärztin, die an diesem Tag frei hatte. Zum Unglück aller, vergaß diese ihren Medikamentenschrank abzuschließen.
Emily sah also die geöffnete Schranktüre und saß vor einem Regal gefüllt mit Dosen voller Pillen. Als sie diese anfassen wollte, fiel eine aus dem Schrank und landete auf dem Boden.
Wie Babys nunmal sind, spielte sie damit herum und der Verschluss öffnete sich. Da nahm sie eine Pille und steckte sie sich in den Mund. Schnell eilte die Nanny herbei, der auffiel, dass die kleine weg war und fand sie am Boden mit der Dose Diazepam.
Schnell packte sie sie und rannte mit ihr in Julias Büro, die ihre Sitzung sofort beendete und mit Roberta und

Emily in Krankenhaus fuhr.
In der Notaufnahme kümmerte man sich sofort um das Baby und konnte das Schlimmste verhindern indem man den Magen auspumpte. Ein Teil des Wirkstoffes jedoch wurde vom Körper bereits aufgenommen. Die Ärzte aber konnten nicht sagen ob es bleibende Schäden geben wird.
Doch in den nächsten Wochen schien es nicht so alsob das der Fall wäre. Emily erholte sich wieder komplett und alle konnten den Alltag wie gewohnt weiterführen.

2. Die Folgen des Leichtsinns

Als Julia drei Jahre später an einem Montag die Zeitung holte, während sie ihren Kaffee vor der Arbeit zu sich nahm, fiel ihr ein Artikel auf. Ein Mann hatte seine Familie und anschließend sich selbst ermordet.
Da in der Zeitung nur der Name Robert M. genannt wurde, sah sie keinen Zusammenhang und sagte sich nur, „wer tut soetwas?".
Als sie in ihrer Praxis ankam, nachdem sie Emily im Kindergarten abgeliefert hat, warteten dort jedoch schon zwei Männer in schwarzen Trenchcoats, die sich als Kommissare der Mordkommission auswiesen und mit Dr. Julia Wild sprechen wollten.
Sie bat die Herren in ihr Büro und was sie von ihnen erfuhr riss ihr fast den Boden unter den Füßen weg.
Der Mörder Robert M. aus der Zeitung war ein Patient von ihr und ab diesem Moment wurde ihr einiges klar. Bei dem Täter handelte es sich um einen Suizidgefährdeten, der nach zwei Jahren in einer Klinik entlassen wurde, jedoch vom Gericht die Auflage bekommen hatte, eine weitere Therapie bei Julia zu machen und als sie in sich ging, fiel ihr ein, dass er des öfteren Anzeichen und vor allem Aussagen äußerte, die ihn etwas gefährlich erscheinen ließen. Auch in Ihren Notizen war das ersichtlich, doch gemeldet hatte sie es nicht. Aber wie sollte sie der Polizei erklären, dass sie seine gefährliche Situation nicht gemeldet hatte, weil sie mit ihm ein sexuelles Verhältnis hatte und dabei zum Teil aus eigenem Interesse nicht wie in den Richtlinien festgehalten gehandelt hat?
In den letzten Monaten kam es zwischen den beiden mehrmals in ihrem Büro zu wildem und hemmungslosem Sex und sie genoss es nach so langer Zeit wieder begehrt zu werden, ganz gleich ob er verheiratet war oder nicht. Doch hätte sie ihre körperlichen Bedürfnisse nicht über

ihre Arbeit stellen dürfen.

Die Ermittler nahmen sich ihre Unterlagen vor in denen deutlich zu sehen war, dass er eine Gefahr für sich und andere war. Ohne Worte verließen sie die Praxis mit der Akte des Patienten.
Julia wurde hektisch und ließ von ihrer Assistentin alle Termine für diesen Tag absagen.
Sofort griff sie zum Telefon und kontaktierte ihren Anwalt obwohl sie ganz genau wusste, dass nicht mal der beste Jurist sie aus dieser Situation retten konnte. Ihr blieb nichts übrig als einfach abzuwarten was passierte.
Bis dahin beschloss sie ganz normal weiterzuarbeiten und machte jede Menge Überstunden um gleichzeitig etwas zu sparen, falls es Probleme geben sollte und sie das Geld dann brauchte. Schließlich dauern derartige Ermittlungen und Verhandlungen bekannterweise Monate wenn nicht sogar Jahre, war sie sich sicher.
Doch die Justiz ließ nicht lange auf sich warten und so wurde sie zwei Wochen später während einer Patientensitzung von ihrer Assistentin gestört mit den Worten „die Herren von der Polizei sind wieder da".
Und diesmal wollten sie nicht nur eine Akte. „Dr. Wild wir müssen Sie bitten uns auf die Dienstelle zu begleiten, der Staatsanwalt hätte da ein paar Fragen an Sie!"
Ohne Wiederstand folgte sie den Männern und saß bereits 30 Minuten später auf bei Scotland Yard in einem Verhörraum.
Ein großer Mann im Anzug betrat den Raum. Durch seine Glatze und die Buschigen dunklen Augenbrauen wirkte er schon etwas angsteinflößend und stellte sich als Staatsanwalt vor.
In Anwesenheit der Ermittler stellte er ihr jede Menge Fragen zu ihrem Patienten, der sich zwei Wochen zu vor nach einem Amoklauf selbst hingerichtet hatte. Das

Verhör war für sie alles andere als angenehm. Auch wenn sie Psychiaterin war und sehr gut auf ihrem gebiet, ging ihr das ganze enorm an die Substanz. Mit einem Herzschlag wie ein Marathonläufer und nass geschwitzten Händen saß sie auf dem unbequemen Metallstuhl und versuchte so professionell wie möglich zu antworten, jedoch ohne großen Erfolg. Schlussendlich sagte der Staatsanwalt „Sie werden sich vor Gericht verantworten müssen, das ist Ihnen hoffentlich klar" und verließ den Raum.
Da der Ansicht aller Beteiligten keine große Fluchtgefahr bestand und sie keine Straftat begangen hatte, die Untersuchungshaft erforderte , durfte sie nach Hause gehen und würde zum Gerichtstermin eigenständig erscheinen.

Als sie nach Hause kam, sah Roberta sie an und fragte, was passiert sei und sie meinte nur „ich werde meine Zulassung verlieren".
Der Nanny die sonst nicht so leicht was erschüttern konnte, blieb der Mund offen.
Als die kleine Emily ins Wohnzimmer gelaufen kam um ihre Mutter zu begrüßen, gab Julia ihr einen Kuss auf die Stirn und ging sofort in Ihr Büro, denn gleich würde Ed ihr Anwalt kommen um mit Ihr die Details durchzugehen.
Auch wenn sie hoffte, dass alles nicht so schlimm werden würde, war ihr innerlich mehr als nur Bewusst, dass es zu spät ist um etwas zu retten.

Das klirrende Geräusch ihrer Weckers riss Julia ein paar Tage später aus dem Schlaf, den sie nur mit entsprechenden Tabletten erreichen konnte und zeigte ihr so, dass heute der Tag ihrer Verhandlung war.
Sie duschte und wählte ein Outfit das möglichst seriös

wirkte um einen guten Eindruck vor dem Gericht zu machen. Nach frühstücken war ihr nicht, denn sie hatte ein gefühltes Magengeschwür das vermutlich so groß wie eine Orange war.
Ihre Tochter beachtete sie an diesem Morgen garnicht und verließ das Haus als Roberta eintraf um die kleine Emily in den Kindergarten zu bringen.

Um exakt neun Uhr wurde die Verhandlung eröffnet. So nervös war Julia noch nie in ihrem Leben und sie versuchte das so gut wie möglich zu unterdrücken, doch wusste sie nicht ob ihr das gelang.
„Der Angeklagten Dr. Julia Wild wird vorgeworfen den Patienten Robert Mell nicht gemeldet zu haben, obwohl der auffällige Tendenzen zeigte und wegen ihres mangelnden Handelns Mord und anschließend Selbstmord begangen hat".
Sie wurde in den Zeugenstand gerufen und der Staatsanwalt ließ nichts aus. Er holte alles aus ihr heraus was er brauchte und auch der einzige andere Zeuge der von der Psychiatrischen Anstalt geschickt wurde, in der der Mörder lange inhaftiert war, unterstützte die Anklage gegen Julia in jeder erdenklichen Weise.
Ungefähr drei Stunden später war der Richter sich sicher und verkündete das Urteil.
„Die angeklagte Dr. Julia Wild wird wegen Vernachlässigung ihrer Pflichten als Psychiaterin und den in Folge dessen passierten Verbrechen zu einer Geldstrafe von 20.000 Pfund verurteilt. Außerdem wird ihr die Zulassung entzogen und sie darf somit nicht mehr als Psychiaterin praktizieren!"

Julia wurde kreidebleich im Gesicht obwohl sie damit bereits gerechnet hat, jedoch hatte sie wohl noch einen Hauch von Hoffnung, dass es besser ausgehen würde.

Die Geldstrafe hätte sie verkraftet aber der Entzug ihrer Zulassung würde ihr Untergang werden.
Immerhin musste sie nicht hinter Gitter, aber auch das gab ihr in diesem Moment kein besseres Gefühl.

Anstatt gleich nach Hause zu fahren, wollte sie einfach nur ihre Ruhe und ging in eine Bar, wo sie sich gleich mal Hochprozentiges bestellte. Normalerweise trank sie nicht viel Alkohol doch in diesem Fall machte sie eine Ausnahme. Es war eine typische Kneipe. Schummriges Licht, alte abgesessene Sitzecken, Fotos und Dartscheiben an der Wand und ein Billardtisch.
Außer Ihr und dem Barkeeper saß noch ein älterer Mann am Tresen, der wohl schon morgens sein Bier brauchte und auch dem entsprechend aussah.
„Einen Wodka bitte!" sagte sie zum Barkeeper, kippte ihn auf ex hinunter und forderte gleich den nächsten an. Nach dem dritten meinte er „Sind Sie sicher, dass sie sich um diese Uhrzeit schon betrinken wollen?" sie bestätigte und sagte ihm, dass sie eben ihre Zulassung als Ärztin verloren hat und das jetzt braucht.
Nach dem sechsten Drink stand sie auf, verließ die Bar und kaufte sich im Laden um die Ecke eine Schachtel Marlboro. Sie hatte seit ihrer Zeit auf der Uni nicht mehr geraucht, doch jetzt hatte sie das Bedürfnis und genehmigte sich eine Zigarette, die ihr offensichtlich schmeckte.
Mit dem Alkohol im Blut setzte sie sich hinters Steuer ihres BMW. Natürlich war ihr klar, dass man betrunken auf keinen Fall fahren darf, das Gefühl, dass sie bereits so viel verloren hatte, nahm ihr aber die Angst in diesem Fall und so fuhr sie los.
Immer wieder fuhr sie Schlangenlinien, weil der Wodka ihre Wahrnehmung trübte doch sie kam ohne erwischt zu werden voran.

Ungefähr 20 Kilometer vor ihrer Straße fand wie jeden Mittwoch ein Gemüsemarkt statt wo Bauern ihre frische und biologisch saubere Ware angeboten haben.
Roberta kaufte hier immer für das Mittagessen ein, das sie Emily zubereitete wenn sie diese vom Kindergarten abholte.
Seelenruhig ging Roberta mit ihrem Korb voller Lebensmittel auf den Straßenübergang zu und überquerte diesen, als plötzlich Julia mit dem Auto des Weges kam, die sich gerade eine Zigarette anzündete und deswegen garnicht mehr auf die Straße achtete.
Ohne es zu sehen, erfasste Julia ihre Nanny mit dem Auto. Ihr fiel die Zigarette aus dem Mund, und als sie registrierte was passiert war, gab sie Vollgas und fuhr mit qualmenden Reifen davon.
Ihr war jedoch nicht klar, wen sie da gerade überfahren hatte. Schnell fuhr sie nach Hause, parkte ihren Wagen in der Garage und ihr fiel ein, dass sie noch alte Nummernschilder von ihrem Vater in einem Karton hatte, brachte diese an Ihrem Auto an und wischte die Blutflecken auf der Stoßstange und der Motorhaube ab.
Verwirrt und verängstigt rannte sie ins Haus und setzte sich auf das große Sofa im Wohnzimmer.
Ihr Herz schlug so schnell, dass man es wohl hören konnte und wie aus dem nichts, kamen ihr die Tränen. Was hatte sie nur getan. Ihr Leben ist vorbei dachte sie sich, schlief wegen dem ganzen Alkohol jedoch bald ein. So lange bis sie vom läutenden Telefon aus dem Schlaf gerissen wurde. Es war die Leiterin des Kindergartens in dem Ihre Tochter war, die vor zwei Stunden abgeholt werden sollte.
Was ist denn mit Roberta? Hatte sie etwa vergessen Emily abzuholen? Sie versuchte sie auf ihrem Handy zu erreichen, aber es ging keiner ran. Sie beschloss also selbst loszufahren um ihr Kind zu holen. Das Zittern ihrer

Hände versuchte sie auszublenden und konzentrierte sich so gut es ging auf die Straße. Schließlich hatte sie heute bereits genug Schaden angerichtet. Gleichzeitig betete sie, dass die Person, die sie überfahren hatte, noch am Leben ist.

Im Auto dann fragte Emily „Wieso hat mich Roberta heute nicht geholt? In der Früh sagte sie zu mir, sie geht nachher auf den Gemüsemarkt und kommt dann um mich zu holen."
Julia hatte erst nicht nachgedacht doch dann kam ihr in den Sinn, ob sie Roberta angefahren haben könnte. Schnell versuchte sie das aber zu verdrängen und redete sich ein, dass es sich bestimmt nur um einen dummen Zufall handelte.

Da nicht eingekauft war, bestellte Julia für sich und ihre Tochter eine Pizza zum Abendessen und genehmigte sich dazu das ein oder andere Glas Wein.
Als sie ihre Tochter ins Bett brachte, war sie jedoch nach wie vor so aufgewühlt, dass sie wohl kein Auge schließen konnte also nahm sie eine Valium was bestimmt in Kombination mit dem ganzen Wein keine sonderlich gute Idee war doch so konnte sie schlafen.

„Mama steh auf!", sagte die kleine Emily und zog am Arm ihrer Mutter, die wegen der Tabletten total verschlafen hatte. Sie warf einen Blick auf den Wecker und stellte fest, dass es schon fast zehn Uhr war. „Oh shit, wo ist Roberta? Ich bringe dich sofort in den Kindergarten".
Für duschen war keine Zeit mehr und irgendwie hatte sie auch keine sonderlich große Lust sich herzurichten, immerhin hatte sie gerade all das verloren, was sie sich in den letzten Jahren hart aufbaute.
Endlich bei der Tagesstätte angekommen, entging auch

der der Kindergärtnerin nicht, dass es um Dr. Wild nicht gut stand. Die Augenringe und die zerzausten Haare ließen tiefer blicken als es sich die Mutter gewünscht hätte.
„Ich hole sie gegen 14 Uhr wieder ab", nuschelte die erschöpfte Julia und stieg wieder ins Auto.
Auf dem Heimweg dachte sie sich, für was die Kleine noch in den Kindergarten bringen, jetzt wo sie doch Zeit hatte. Aber Ihrer Tochter und den Freundschaften die sie im Kindergarten knüpfte wegen ließ sie sie dort.
Doch was war mit Roberta? Julia versuchte sie erneut mehrmals anzurufen aber das Handy war ausgeschalten. Leider hatte sie die Nummer von Robertas Familie nicht um diese zu kontaktieren also beschloss sie kurzerhand zur Polizei zu gehen um sich zu erkundigen ob irgendwelche Details bekannt sind, die mit dem Verschwinden der Nanny zu tun haben könnten.
Für diesen Zweck legte sie dann doch Make-Up auf um bei der Dienststelle nicht so fertig auszusehen.
Man bat sie kurz zu warten und dann kam ein Officer zu ihr und fragte sie, ob sie zur Familie gehöre. Sie meinte, Roberta sei ihre Nanny, gehörte für sie praktisch zur Familie und seit gestern nicht aufgetaucht. Der Polizist erzählte Julia, dass Roberta am Vortag von einem Auto angefahren wurde und die Verletzungen so schwerwiegend waren, dass sie noch am Unfallort verstorben sei. Der Täter hätte Fahrerflucht begangen aber die Suche laufe auf Hochtouren.
Zu tiefst geschockt und ratloser denn je bedankte sie sich für die Auskunft und verließ die Polizeiwache. Sie stieg ins Auto und legte den Kopf aufs Lenkrad. Die Tränen liefen ihr über die Wangen und erst jetzt wurde ihr richtig bewusst, was sie da eigentlich getan hatte. Hätte sie sich gestern nur nicht betrunken, dann wäre das alles nicht passiert oder besser gesagt, hätte sie nicht mit Robert

eine Affäre angefangen, dann wäre es zu all dem garnicht erst gekommen.

Jetzt war es jedoch wichtig ihrer Tochter das Leben weiterhin so normal wie möglich zu gestalten und sie nicht unter den Fehlern ihrer Mutter leiden zu lassen, doch das war leichter gesagt als getan.
Und was sollte sie wegen Robertas Tod tun? Sich stellen oder es einfach unter den Teppich fallen lassen? Immerhin hatte sie die Nummernschilder ihres Autos gewechselt und der Wagen hat sowieso abgedunkelte Scheiben, dass keiner den Fahrer sehen konnte. Und aus dem Gefängnis könnte sie wohl kaum für ihre Tochter da sein.
Also beschloss Julia es zu verheimlichen, obwohl sie tief in sich wusste, dass es ein Fehler war.

Wieder zu Hause angekommen, hatte sie erneut das starke Bedürfnis ein Glas Wein zu trinken und überlegte sich, wie sie ihrer Tochter den Verlust der Nanny die schon irgendwie zur Familie gehörte beibringen sollte. Aber es musste sein, Emily stellte doch jetzt schon Fragen wo Roberta nur sei.
Am Nachmittag holte sie ihre Tochter also vom Kindergarten und erzählte ihr die traurige Nachricht. Die Kleine begann zu weinen, Julia nahm sie in den Arm und sagte nur „alles wird gut".
Die Wochen vergingen und Emily kam langsam über den Tod von Roberta hinweg, Julia jedoch wurde des öfteren von einem schlechten Gewissen geplagt, was sie mit Alkohol und Tabletten betäubte.

Da sie ihr Büro in der Praxis räumte, nahm sie auch alle Medikamente mit nach Hause die sie für ihre Patienten hatte und war somit gut versorgt. Doch langsam aber sicher Entwickelte sich der Alkohol- und Pillenkonsum zur Sucht, was ihr aber nicht auffiel, da sie eher darauf konzentriert war, wie sie alles am besten verarbeiten konnte.

Das fiel auch Emily auf, denn immer mehr verfiel ihre Mutter in eine geistige Abwesenheit und war nicht mehr so ansprechbar und aktiv wie sie es mal war. Oft merkte sie auch wie Julia Nachts im Bett lag und weinte, was sie dazu veranlasste sich zu ihr zu legen und ihre Hand zu halten und trotz ihres jungen Alters Arbeiten im Haushalt zu machen, die ihre Mutter einfach nicht zu schaffen schien. Gekocht wurde so gut wie nie mehr und Emily ernährte sich dadurch von Tiefkühlkost oder den Mahlzeiten, die der Lieferservice brachte. Und natürlich wirkte sich das auch auf Emilys verhalten aus, was den Kindergärtnerinnen auffiel und sie dazu veranlasste das Gespräch mit Julia zu suchen. Als diese sich aber wieder mal blicken ließ, merkten die Erzieherinnen, dass der Haussegen anständig schief hing. In einem persönlichen Gespräch erhärtete sich der Verdacht enorm und sie beschlossen dem Kind zu liebe, das Jugendamt einzuschalten, das auch schon ein paar Tage später an Julias Türe klopfte.

Die Dame wies sich aus und erklärte Julia um was es ging. Der Geruch nach Wein, den die Mutter schon am Vormittag an sich hatte, schockierte die Frau vom Amt und sie erklärte Julia, dass man ihr Emily wegnehmen würde. Wild begann sie um sich zu schlagen und zu schreien, dass man das nicht machen könnte und das war der Tropfen, der sichtlich machte, dass das Fass voll war.

Die Dame verabschiedete sich wieder und holte anschließend Emily vom Kindergarten und brachte sie trotz heftigem Wiederstand in ein Heim. Das Leben für die kleine sollte sich dramatisch verändern.

3. Tapetenwechsel

Der Umzug ins Heim begann mit einem psychologischen Gespräch, aus dem ein Gutachten resultieren sollte um aufzuzeigen, in wie weit die Zustände zu Hause sich auf das Kind ausgewirkt haben.
Ängstlich saß die kleine Emily in einem Büro auf dem Sofa und wartete auf den Psychologen.
Sie hatte angst und wollte zu ihrer Mutter, doch das blieb ihr verwehrt. Immer wieder hörte sie den Satz „es ist nur zu deinem Besten" doch das wollte sie nicht hören.
Es nahm einige Zeit in Anspruch, bis sie mit dem Therapeuten redete und ihm offerierte, welche Probleme ihre Mutter hatte. Das bezog sich natürlich in erster Linie auf den Verlust ihrer Zulassung und den Alkoholkonsum, den die kleine bemerkte. Vom Mord mit Fahrerflucht wusste sie immerhin nichts.
Das Gutachten zeigte, dass das Kind auf keinen Fall wieder nach Hause dürfte, da die Mutter in ihrer momentanen Lage eine Gefahr für das Kind wäre und sie bis auf weiteres einmal die Woche im Heim besuchen durfte.
Jedes Mal beim wöchentlichen Treffen brachen beide in Tränen aus und hätten sich am liebsten nie wieder getrennt aber Julia wusste, dass sie für diese Umstände verantwortlich war. Sie ganz alleine.

Die Zeit verging und langsam lernte Emily die anderen Kinder im Heim besser kennen. Ihr Zimmer teilte sie sich mit drei anderen Mädchen, die alle in ihrem Alter waren und aus ähnlichen Gründen hier waren. Doch auch wenn sie sich mit ihren Zimmergenossinnen gut verstand, war es nicht das selbe wie zu Hause oder im Kindergarten. Ihr Zimmer war kalt eingerichtet. Zwei Stockbetten, ein paar Metallschränke, ein Tisch und alte graue Vorhänge durfte

sie nun als ihr Heim bezeichnen.
Doch da sie es sich nicht aussuchen konnte, blieb ihr nichts anderes übrig als es so hinzunehmen.
Denn auch hier stand die Zeit nicht still und die Monate vergingen. Mittlerweile besuchte sie die Grundschule und lernte lesen, schreiben und rechnen und es machte ihr Spaß, vor allem aber lenkte es sie von der Tatsache ab, dass ihre Mutter immer seltener auf Besuch kam, doch sie nahm es ihr nicht übel. Ihr war klar, dass es Julia nicht gut ging.
Doch dem Jugendamt kam das merkwürdig vor und so schickten sie erneut jemanden zu Dr. Wild nach Hause um nach ihr zu sehen.
Die Dame läutete mehrmals an der Türe doch keiner öffnete, dann bemerkte sie aber, dass nicht abgeschlossen war und betrat schließlich eigenständig das Haus.
Als Sozialarbeiter hat man sicher schon viel gesehen, aber dieser Anblick hob sogar die Erfahrene Angestellte aus den Schuhen.
Alles war abgedunkelt, Vorhänge zugezogen, Rollläden geschlossen und außer ein paar schwachen Stehlampen gab es kein Licht.
Eine Düstere und vor allem verrauchte Atmosphäre erfüllte die Räumlichkeiten. Neben der Eingangstüre standen haufenweise leere Flaschen und man konnte vor lauter Zigarettenstummel den Aschenbecher am Tisch nicht mehr sehen. Pizzakartons lagen hinter dem Sofa auf dem Julia mit einem Glas Wein und einer Zigarette im Mund saß. Sie drehte sich zum unerwarteten Besuch und man konnte ihre Tiefen Augenringe sehen. Die fettigen Haare und der Pyjama den sie bestimmt schon Wochen lang anhatte machten das Bild komplett.
„Miss Wild, was ist denn mit Ihnen los?", fragte die Frau vom Jugendamt. Die Antwort die sie bekam war „Was

wollen Sie hier? Erst nehmen Sie mir mein Kind weg und jetzt brechen Sie bei mir ein?".
Ein größeres Gespräch ergab sich nicht, da Julia offensichtlich betrunken und und auf Medikamenten war. So beschloss die Sozialarbeiterin die Rettung zu rufen um Julia in eine spezielle Klinik bringen zu lassen, was dann auch geschah. Sie wehrte sich nicht, denn sie wusste wohl in welchen Sumpf sie gefallen war. Emily erzählte man nichts davon, dass die sich nicht unnötig Gedanken machte und ihren gewohnten Ablauf weiterführen konnte.

Die Monate vergingen und während Julia ihren Entzug machte wurde Emily acht Jahre alt. Und abgesehen davon wurde sie auch neugieriger. Die anderen Mädchen im Heim erzählten Geschichten was sie mit ihren Vätern gemacht haben und Emily belastete immer mehr, dass sie ihren Vater nicht kannte. Hatte sie keinen? Schließlich ließ ihr diese Frage keine Ruhe mehr und sie sprach die Heimleiterin auf ihren Vater an. Diese jedoch konnte ihr keine Antwort auf diese Frage geben, offensichtlich hatte dieser die Geburtsurkunde nicht unterzeichnen und war auch nirgends als Vater eingetragen. Auch Julia hatte dazu nie was gesagt und somit gab es keinen Hinweis. Das ließ aber auch der Heimleiterin keine Ruhe und sie beschloss den Vater ausfindig zu machen indem sie in die Entzugsklinik fuhr, in der Julia stationär war.
Leicht klopfte sie an die Zimmertüre und Julia, der es offensichtlich schon wieder besser ging bat den Besuch herein.
Es entwickelte sich ein Gespräch zwischen den beiden in dem die Heimleiterin Julia erzählte, dass die kleine Emily unbedingt wissen möchte wer ihr Vater ist und Julia erklärte, dass sie eine Vereinbarung getroffen haben, dass er sich nicht um sein Kind kümmern müsse. Doch nach und nach bemerkte Julia, dass sie ihrem Kind zu

Liebe die Daten ihres Zeugers offenlegen sollte und tat das auch.
Die Heimleiterin freute sich darüber und konnte so Emily endlich mal eine gute Nachricht überbringen. Gleich noch am selben Tag nahm sie Kontakt zu Dr. Tom Newman auf, der mehr als nur überrascht war, es sich aber auch nicht nehmen lassen wollte seine Tochter kennenzulernen.
So wurde gleich für den nächsten Tag ein Kennenlernen vereinbart dem alle Beteiligten mit Spannung entgegenfieberten.
Die Heimleiterin holte Emily in ihr Büro, wo sie ihren Vater kennenlernen sollte. So gespannt war die Kleine noch nie. Noch wenige Minuten und sie sollte endlich wissen, wer ihr Papa ist.
Plötzlich nahm sie Schritte am langen Flur, der zum Büro führte wahr. Ihr Puls schnellte nach oben und sie fixierte mit ihren wunderschönen grünen Augen die Türe.
Und es klopfte jemand an. Ein großer Mann mit dunkelbraunem kurzen Haaren in einem Dunkelgrauen Anzug betrat den Raum und Stellte sich dem Mädchen mit den großen Augen vor. Er war sichtlich aufgeregt und brauchte auch einen Moment bis er sagte „Und diese kleine Schönheit ist also meine Tochter".
Sie lächelte und eine Freudenträne kullerte über ihr Gesicht.
„Ich denke sie beide sollten eine heiße Schokolade trinken gehen", und das taten sie auch.
Obwohl sie anfangs noch sehr zurückhaltend war, nahm sie seine Hand und ging mit ihm in ein Cafe das gleich ums Eck beim Heim lag.
Anfangs lief alles leicht von den Lippen der beiden doch wie erklärt man seiner Tochter, warum sie ihren Vater erst jetzt kennenlernen konnte?
Er beschloss das Thema noch etwas ruhen zu lassen und erstmal das Kennenlernen vorzuziehen.

Aus Smalltalk wurde ein nettes Gespräch und besonders die Tatsache, dass ihr Vater Arzt genauer Chirurg ist gefiel Emily sehr gut, obwohl sie davon mit ihren acht Jahren nicht wirklich Ahnung hatte und so fragte sie ihn aus.
Da er wieder in die Klinik musste, brachte er sie nach zwei Stunden zurück ins Heim und versprach ihr ein baldiges erneutes Treffen.
Stolz ging sie in ihr Zimmer und erzählte den anderen von ihrem Vater den sie soeben kennengelernt hat. Endlich konnte sie mitreden und das war ein wunderschönes Gefühl. Noch spät am Abend lag sie wach im Bett und jetzt wusste sie es. Sie wollte auch Ärztin werden. Der bisherige Traum von der Delfinzüchterin platzte und ihr Vater war ihr neues Vorbild, auch wenn sie ihn noch nicht gut kannte, er rettete Leben, was ist daran nicht gut?

Kurz darauf wurde Julia aus der Klinik entlassen. Sie hatte ihren Entzug erfolgreich abgeschlossen.
Jedoch wurde ihr nahegelegt weiterhin zu den Anonymen Alkoholikern zu gehen oder einer ähnlichen Therapiemaßnahme und einen Rückfall zu verhindern.
Bis sie Ihre Tochter wieder bekommen konnte, folgten aber noch einige Formalitäten. Ein wichtiger Schritt war in den Augen des Kinderpsychologen eine Aussprache zwischen allen dreien.
Auf einem neutralen Ort trafen sich alle Parteien und unterhielten sich über die Zukunft von Emily.
Dass Julia und Tom kein paar werden würden, war beiden klar und das wollten sie auch nicht, aber trotzdem sollte Emily ihren Vater regelmäßig sehen.

Doch ein weiteres Problem tat sich auf. Wie würde Julia in Zukunft ihr Geld verdienen nachdem sie ihre Zulassung verloren hat?
Ein neuer Job musste her und nach einigen Wochen der

Überlegung und Suche musste sie nehmen was sie bekommen konnte und in diesem Fall ergab sich ein Job im Büro in einem Supermarkt.
Sie verabscheute diese Arbeit aber in der Medizin würde sie nicht mehr so leicht einen Job bekommen durch ihre Vergangenheit. Dieser soziale Abstieg zwang sie dazu ihr Haus zu verkaufen, da es doch relativ groß war und die Erhaltungskosten ihre Möglichkeiten überstiegen. Auch wenn Tom jetzt Unterhalt zahlte musste sie sparsamer werden.
Im Internet fand sie eine 3-Zimmer Wohnung nicht weit von ihrem Haus entfernt und so stand der Umzug an. Und auch wenn es einige Zeit dauerte bis sich die beiden daran gewöhnt hatten, wurde es Schritt für Schritt annehmbarer.

Mit der Zeit passte sich Julia ihrem neuen Lebensstandard an und lernte des öfteren Männer kennen. Es begann meist mit einem netten Essen und endete im Bett. Zum Leidwesen vom Emily. Die Wände waren dünner und regelmäßig wurde sie vom Gestöhne ihrer Mutter wachgehalten, was das Verhältnis zwischen den beiden nicht sonderlich stärkte.
Länger lief nie etwas mit den Typen die Julia traf doch lernte sie nicht daraus und machte immer so weiter.

Die Zeit verging wie im Flug und Emily wurde 12 Jahre alt.
Sie hatte die Nase nun gestrichen voll von den ganzen One Night Stands die ihre Mutter mit nach Hause brachte und wollte zu Ihrem Vater ziehen. Als sie Julia das eröffnete verstand die erst garnicht warum, schließlich sah sie sich als gute Mutter, doch wie es in Emily aussah, bemerkte sie nicht. Und da sie ihrer Tochter nicht das Leben schwer machen wollte, stimmte sie zu, wie auch

Tom.
Es sollte ein Wechsel auf Probe sein.
Bald waren alle Dinge gepackt und Emily wurde von Ihrem Vater abgeholt.
Er hatte eine große Penthousewohnung im ersten Bezirk von London.
Die Moderne Wohnung mit riesigen Glasfronten, die einen Blick direkt auf den Tower von London ermöglichten erstreckte sich über zwei Etagen und bot 200 Quadratmeter Wohnfläche.
Die Einrichtung war vom Feinsten. Alles war in sehr natürlichen Farben gehalten die sich gegenseitig ergänzten. Sandfarbene, warme Wandfarben, dunkle Ledermöbel, ein dunkelbrauner Holzfußboden und rund vier Meter lange, schwarze Vorhänge vermittelten Luxus pur.
Die Küche war offen und schloss so an das Wohn- und Esszimmer an. In der oberen Etage fanden sich zwei Schlafzimmer die ebenfalls je eine Front komplett aus Glas hatten. Gegenüber der Schlafräume befand sich ein großes Badezimmer das sich in einem Beigeton kombiniert mir schwarzen Details präsentierte.
Abgesehen von zwei großen Waschbecken und einer Riesigen Badewanne verfügte es über eine ebenerdige Dusche in die locker fünf Menschen gepasst hätten.

Sie fühlte sich von Anfang an wohl und dieser Luxus würde langsam aber sicher Einfluss auf ihre Persönlichkeit nehmen.
Es wurde Abend und bei leichtem Schneefall nahmen sie ihr Abendessen zu sich, während sie den wunderbaren Ausblick genossen und sich anschließend noch einen Film ansahen.
Die erste Nacht war noch gewöhnungsbedürftig, aber das hatte sich schnell erledigt und sie fühlte sich voll und ganz

zu Hause.
Doch Tom hatte nicht immer so viel Zeit für seine kleine. Immerhin war er ein sehr gefragter Arzt und Professor, weshalb sie öfters Abende alleine verbrachte.
Das jedoch führte dazu, dass sie sich bis in die Nacht Filme ansah, die sie bisher noch nie gesehen hatte. Und bald passierte es auch, dass sie ihre erste Periode bekam.
Tom merkte das anhand der blutigen Unterwäsche, sprach sie darauf an und fragte ob sie darüber sprechen möchte. Das aber verneinte sie und sagte „Ich weiß was mit mir passiert. Wir hatten das Thema in der Schule durchgenommen".
Er besorgte ihr also Binden und Tampons und sie lernte schnell diese zu benutzen. Doch das Problem der Pubertät bleibt keinem erspart. Langsam wurde sie launischer und aggressiver wie viele in ihrem Alter und deswegen machte er sich auch keine großen Gedanken. Da ihre Freundinnen gerade die selbe Phase durchlebten, verstand sie sich mit denen natürlich am besten.

Als sie eines Tages ihre Mutter besuchte und die etwas kochte, sah sie eine Zigarettenschachtel in ihrem Mantel. Sie überlegte kurz, griff zu und packte die Schachtel in ihre Tasche. Als Julia ihre Zigaretten suchte, sagte Emily jedoch nichts dazu.
Natürlich war ihr wie jedem Menschen klar, dass Rauchen ungesund ist, aber der Reiz es zu versuchen war zu groß. Sie freute sich die Zeit mit ihrer Mutter zu verbringen aber innerlich stieg die Spannung und der Drang endlich zu gehen um die Zigaretten zu versuchen. So beschloss sie auch kurz nach dem Essen zu behaupten, sie müsse noch Hausaufgaben machen und verließ sie Wohnung. Kaum war sie um die nächste Ecke verschwunden, zündete sie sich eine Zigarette an und zog daran. Erst

paffte sie nur, weil sie doch noch etwas Respekt davor hatte, doch dann inhalierte sie den Rauch und fing schnell an zu husten. Sobald sie sich wieder gefangen hatte, machte sie es aber erneut und langsam aber sicher reagierte sie nicht mehr so heftig auf den blauen Rauch und konnte ohne Hustenanfälle weiterrauchen. Doch was wenn ihr Vater das riechen würde? Schnell suchte sie den nächsten Kiosk auf und kaufte sich Kaugummi. Den Deo den sie in ihrer Handtasche hatte verwendete sie auch um den Geruch zu überdecken.

Sie hatte Glück und ihr Vater merkte es offensichtlich nicht als sie nach Hause kam.

Als er jedoch sagte „ich muss mit dir reden, können wir uns ins Wohnzimmer setzen?" bekam sie Panik, er könnte es doch gemerkt haben. Mit der Angst im Nacken setzte sie sich zu ihm und war gespannt was er ihr zu sagen hatte.

Er eröffnete ihr, dass er übers Wochenende nach Wien fliegen müsse zu einer Ärztetagung.

Und da er meinte, sie sei mit 12 Jahren alt genug um zwei Tage alleine zu bleiben, fragte er sie, ob sie das auch möchte oder doch das Wochenende lieber bei ihrer Mutter verbringen würde.

Natürlich musste sie nicht lange darüber nachdenken. In ihrem Alter ist man doch froh über jede Freiheit die man bekommt und freute sich schon darauf mal nicht unter Aufsicht zu stehen.

„Ich lasse dir etwas Geld da, vielleicht möchtest du dir ja eine Pizza bestellen oder was in der Richtung", sagte er und klemmte 50 Pfund auf den Kühlschrank.

Das Gespräch beendet und sie marschierte in ihr Zimmer um die Zigaretten zu verstecken und sie überlegte schon, was sie am Wochenende treiben würde. Einfach nur am Sofa sitzen und nicht jugendfreie Filme ansehen war doch auch langweilig. Schließlich musste sie es ausnutzen, wenn mal keiner da war und sie auch nicht Angst haben muss, dass ihr Vater plötzlich in der Türe stand.

Bereits am nächsten Tag erzählte sie das ihren Freundinnen in der Schule und die meinten, sie solle doch eine Hausparty machen. Zigaretten hatte sie schließlich und auch die Minibar ihres Vaters war aufgefüllt. Die Party war schnell geplant und da es in Ihrer Schule einen Jungen gab, den sie schon lange süß fand, beschloss sie auch ihm davon zu Erzählen und so brachte sie ihn dazu auch zu kommen. Er war bereits 16 Jahre alt und das machte ihn noch interessanter.

In den nächsten Tagen konnten sie vier Mädchen an nichts anderes denken als an die bevorstehende Party und dass noch dazu dieser süße Jungen kommen würde. Schnell hatten auch alle ihre Eltern überredet bei Emily übernachten zu dürfen. Schließlich wussten alle dass ihr Vater ein sehr angesehener Mann war und deshalb bestand kein Grund zur Sorge. Dass dieser an dem Abend jedoch nicht zu Hause ist, wurde verheimlicht.

Endlich war es so weit. Es war Freitag Nachmittag, Emilys Vater verabschiedete sich und stieg ins Taxi zum Flughafen. Sie nutzte die Zeit um alles für die Party herzurichten. Chips, Champagner und Süßigkeiten platzierte sie am Wohnzimmertisch bis dann um 18 Uhr auch ihre Freundinnen eintrafen. Die Freude war groß, schließlich war es ihre erste Party. Doch von ihrem Schwarm Paul fehlte noch jede Spur.
Die Mädels begannen also schon mal mit einem Glas Champagner und bestellten eine Pizza und es dauerte nicht lange bis sie den Alkohol spürten, denn bis zu dem Zeitpunkt hatte keine von ihnen jemals einen Tropfen getrunken und es zeigte sich da sie immer mehr zu

kichern begonnen und sich köstlich amüsierten.
Da läutete es an der Tür. In Erwartung, dass die Pizza schon da sei, öffnete sie und da stand er nun. Paul ist wirklich gekommen und in seinem Rucksack hatte er ein paar kleine Flaschen Eristoff Ice. Ein Mixgetränk aus Wodka mit Fruchtsaft das aber trotz des hochprozentigen Bestandteils nur auf 8% kam. Sein großer Bruder hatte es für ihn gekauft.
Sie bat ihn herein und brachte ihn zu den anderen, die laufend am Lachen waren. Es dauerte auch nicht lange, bis es ihm ähnlich ging. Als dann auch noch die Pizza eintraf, erfreuten sich alle und beschlossen einen Horrorfilm zu sehen. Zusätzlich kam ein Gewitter auf und durch die riesigen Glasfronten sah man wie die Blitze über London tobten. Das Wetter trug also seinen Teil zum Gruselfaktor von dem Film „The Fog – Nebel des Grauens" bei. Durch den Alkohol im Blut schienen sich alle auch zusätzlich noch mehr zu schrecken. Doch was bei den Mädchen Kuschelbedürfnisse auslöste, machte den Jungen geil. Es ist kein Geheimnis, dass alkoholhaltige Getränke bei Männern solche Gefühle auslösen können. Hinzu kam, dass er Emily vom ersten Tag an süß fand, es ihr aber nicht sagte. Aus welchem Grund auch immer.
Als der Film zu Ende war überlegten die Mädchen welchen sie als nächstes sehen wollten. Paul jedoch fragte Emily ob sie ihm nicht die Wohnung zeigen möchte und sie wollte natürlich sofort. „Sucht ihr euch doch aus welchen Film ihr als nächstes sehen wollt", sagte sie und ging mit ihm die Treppe hoch um ihrem Traummann ihr Zimmer zu zeigen.
So setzten sie sich aufs Bett und waren beide recht schüchtern. Doch dann machte Paul den ersten Schritt und küsste Emily. Erst nur mit den Lippen doch als beide ein Gefühl dafür bekamen, fühlten sie auch ihre Zungen

und das küssen wurde intensiver. Für Emily war das der erste Kuss aber sie lernte schnell.
Nach minutenlangem Küssen tastete sich Paul mit der Hand schritt für schritt von ihrem Bein nach oben, gelangte an die Brust und streichelte diese, schließlich hatte er als Junge schon Pornos gesehen und meinte zu wissen was Frauen mögen und ihr gefiel es auch. Doch innerlich hatte sie doch noch Angst vor dem nächsten Schritt. Aber der Alkohol im Blut erleichterte es ihr und so machte sie den nächsten Schritt und fasste mit ihrer Hand langsam zu seinem Schwanz und musste feststellen, dass er relativ hart war. Das erregte sie irgendwie und sie riebt an der Jeans ihres Verehrers.
Langsam ging er mit der anderen Hand an ihr Shirt und zog es ihr aus und schon als nächstes öffnete er ihren BH und begann ihre Brust zu küssen. Nebenbei zog Emily ihm sein Shirt aus und er öffnete seine Hose. Schritt für Schritt zogen sie sich aus und waren schnell splitternackt. Und dann passierte es. Er nahm ein Kondom aus seiner Tasche und zog es über. Wortlos legte er sich auf sie und steckte seinen steinharten Penis langsam in sie. Anfangs noch verzog sie das Gesicht weil es ihr doch etwas schmerzte doch nach und nach fand sie Gefallen und sie hatten nicht sehr lange Sex, bis er einen Orgasmus hatte. Erschöpft und stolz legte er sich neben sie und meinte „wir sollten wieder runter gehen, die fragen sich bestimmt schon wo wir sind", und lächelte sie an.
Geschickt verheimlichten sie was sie getan hatten aber die Freundinnen wussten es ganz genau und grinsten. Und so wurde noch eine Flasche Jack Daniels geöffnet und alle genehmigten sich zwei Gläser, das war aber mehr als ihnen gut tat, denn nach und nach wurden alle relativ müde und fanden vor dem laufenden Fernseher ihr Bett.
Am nächsten Morgen erwachten alle mit Kopfschmerzen

und einem unangenehmen Gefühl im Bauch, doch der Abend war es wert.
So kam es auch, dass Emily und Paul von diesem Moment an ein Paar waren und das auch offiziell machten. Es lief gut mit ihnen und beide fanden außerdem Gefallen am Rauchen was sie dazu brachte immer öfters heimlich Zigaretten zu ziehen, die sie von Pauls Bruder bekamen, der in Bristol lebte, aber manchmal am Wochenende auf Besuch kam.

Paul entdeckte den Alkohol für sich und trank gerne und viel, was Emily nicht immer gefiel, schließlich wollte sie keinen Alkoholiker zum Freund, da sie schon eine süchtige Mutter hat, aber da sie ihn liebte, sah sie des Öfteren darüber hinweg. Doch sein Bruder merkte das auch und weigerte sich nach einiger Zeit ihm Alkohol zu besorgen, was zwischen den beiden zu eisiger Stimmung führte.
Und da Paul irgendwie an den heiß geliebten Alkohol gelangen musste, fing er an zu klauen. Er kaufte wie andere in seinem Alter Süßigkeiten und Softdrinks und ließ in einem unbeobachteten Augenblick gerne eine Flasche mit hochprozentigen Getränken in seiner Tasche verschwinden.
Es kam sogar so weit, dass er Emily darum bat die Waren in ihrer Tasche zu verstecken und den Laden zu verlassen.
Sie hatte dabei eigentlich kein gutes Gefühl doch zum einen liebte sie ihren Freund und wollte ihm helfen und zum anderen hatte es wohl doch einen gewissen Reiz etwas verbotenes zu tun.

Als Emily eines Abends für die Schule lernen musste und ihren Freund nicht begleiten konnte, ging er in einen Supermarkt und klaute wie gewohnt Hochprozentiges um

seine Bedürfnisse zu befriedigen. Er fuhr zu sich nach Hause, da seine Eltern nicht im Land waren und leerte die Flasche Wodka.
Als Emily mit dem Lernen fertig war, rief sie ihn an, er jedoch nahm nicht ab. So ging sie davon aus, dass er einfach betrunken sei und eingeschlafen ist, womit sie auch meist nicht falsch lag.
Doch auch am nächsten Tag reagierte er nicht auf ihre Anrufe und in der Schule war er auch nicht.
Die Lehrer wussten ebenfalls nicht was mit ihm war und die Eltern waren nicht erreichbar, weil sie sich auf Reisen befanden.
Sein Bruder war zu diesem Zeitpunkt auf Geschäftsreise und konnte ihr leider nichts hilfreiches sagen, versuchte aber sie zu beruhigen.

Emily beschloss zu ihm nach Hause zu gehen um nach dem Rechten zu sehen. Ihr Läuten traf aber auf keine Reaktion. Was war mit Paul, ist er abgetaucht oder vielleicht ist ihm etwas passiert?
Doch was sollte sie unternehmen. Ihr blieb nicht Anderes übrig als abzuwarten bis seine Eltern wieder hier waren. Eine Woche später war es dann so weit, sie wartete schon vor der Wohnungstüre als Pauls Eltern eintrafen und erklärte ihnen warum sie hier wartete und dass sie sich Sorgen machte.
Seine Mutter wurde sofort nervös, schloss in Windeseile die Türe auf und stürmte in die Wohnung.
In seinem Zimmer überkam alle drei dann das Grauen. Er lag auf seinem Bett. Bereits ganz weiß und umgeben von Fliegen lag der tote Junge da. Der Geruch des Todes mit einer Note von Verwesung erfüllte den abgedunkelten Raum. Die Mutter brach sofort schreiend in Tränen aus und ihr Mann musste sie festhalten. Emily überkamen ebenfalls solche Gefühle und sie ging in die Knie während

sie zu heulen begann. Er war offensichtlich schon länger tot, doch was war passiert. Sofort meinte die Mutter, es sei alles nur ihre Schuld, wieso musste sie auch auf Reisen gehen und ihren jungen Sohn alleine zu Hause lassen.
Die Polizei traf schließlich ein und die Leiche wurde zur Autopsie gebracht.
Es dauerte zwei Tage, bis man wusste, was ihm passiert war und diese 48 Stunden gestalteten sich für alle beteiligten als Horror.
Doch als dann ein Kommissar vor der Türe stand und seiner Familie eröffnete, dass ihr Sohn an einer Alkoholvergiftung gestorben sei, ging für die Eltern eine Welt unter. Wie kam ihr Sohn denn zu so viel Alkohol? Emily erzählte, dass er abundzu etwas getrunken hatte, aber dass es noch nie viel war, doch das änderte jetzt auch nichts mehr.
Sie wurde ein paar Tage von der Schule befreit um über den Verlust hinwegzukommen aber das dauerte natürlich seine Zeit bis sie wieder aktiv am Unterricht teilnehmen konnte.

4. Die Waffen der Frau

Die Zeit verflog und Emily veränderte sich. Ihr Lieblingsfilm was ganz klar Basic Instinct, sie wurde zur Frau wohl nach dem Vorbild vom Sharon Stone und das zeigte sich an ihrem Äußeren. Die Tatsache, dass ihr Vater Geld hatte, war da sehr von Vorteil. Im Gegensatz zu vielen anderen in Ihrem Alter, war ihr Klasse wichtig und nicht so billig wie möglich auszusehen. Gerne trug sie enge Bleistiftröcke, oder vorteilhaft geschnittene Hosen und edle Blusen und Tops. Doch vor allem in High Heels verliebte sie sich. Ihr Lieblingsdesigner war ganz klar Yves Saint Laurent denn von dem hatte sie ganze 12 Paar Schuhe.
Sie wurde ein Bild von einer Frau. Die intensiv grünen Augen, das Lange Dunkelblonde gewellte Haar und die schlanke Figur machten sie aus.
Sie war immer Sexy und stilsicher gekleidet und so ging es in Richtung Schulabschluss.
Da Emily sehr intelligent war, fiel ihr das auch nicht schwer und da seit ihrer Kindheit für sie feststand, dass die Ärztin werden möchte, ging sie an die Universität. Auch die Richtung stand bereits Fest. Ihr Traum war es Chirurgin zu werden und dieses Ziel würde sie auch verfolgen.

Zum Erfolgreichen Schulabschluss und dem Beginn des Studiums schenkte ihr Vater Emily eine Wohnung. Die so groß war, dass sie bereits in den ersten Wochen des Studiums Mitbewohner suchte um eine Wohngemeinschaft zu gründen. Die 100 Quadratmeter waren Teil eines alten Fabrikgebäudes, das zu einem Wohnhaus umfunktioniert wurde. Rote Backsteinwände, große Fenster, hohe Decken und eine Eingangstüre aus Stahl spiegelten den angesagten „Industrie-Chick" wieder.

Ihre Mitbewohner waren die zwei Frauen Eva und Silvia die ebenfalls Medizin studierten und ein Mann namens Robert der Psychologiestudent war.
Alle waren single, sehr aufgeschlossen und hatten ähnliche Interessengebiete.

Das Studium war so wie sie es sich vorgestellt hatte.
Anfangs gab es jede Menge Vorlesungen und Vorträge um den Studenten ein Basiswissen beizubringen. Emily hatte natürlich keine Probleme das zu verstehen, schließlich war ihr Vater Arzt und da hatte sie schon einiges mitbekommen.
Sie war laufend am Lernen, schließlich wollte sie eine der Besten sein und in die Fußstapfen ihres Vaters treten und deswegen war der Genuss von Freizeit oft Mangelware.
Auch wenn der Erfolg ihr unheimlich wichtig war, merkte sie nach und nach, dass ihr etwas fehlte.
Es war ein eigenartiges Gefühl von Leere, das sie nicht genau beschreiben konnte. Irgendwas in ihr verlangte wohl nach mehr. Nur nach mehr von was?
Glücklicherweise war ihr Mitbewohner Robert Psychologiestudent und sie vertraute sich ihm an.
In einem Gespräch beschrieb sie ihre Gefühle und hoffte auf einen Rat.
Er wusste schnell was Emily fehlte. „Du hast Bedürfnisse die unbefriedigt sind und solange du das nicht änderst, wirst du dich so fühlen!".
Ihr wurde einiges klar und so sagte sie zu ihm „Fick mich!".
Er überlegte nicht lange, zog ihr das Top und den Rock aus und öffnete seine Hose. Sie ging auf die Knie und begann ihm einen zu blasen. Er genoss es ihre weichen, vollen Lippen auf seinem Schwanz zu spüren, hob sie dann aber auf, setzte sie auf die Anrichte in der Küche und begann sie zu ficken.

Es tat ihr gut und sie fühlte sich besser. Irgendwie gab ihr das etwas und diese Leere in ihr wurde befriedigt im wahrsten Sinne des Wortes.

Und so entwickelte sich zwischen Emily und Robert eine Affäre. Es tat beiden gut und ermöglichte ihr neben dem anspruchsvollen Studium einen Ausgleich.

Neben dem Lernen dreht es sich in der Zeit als Student natürlich auch um Partys und auch das war ein willkommener Ausgleich.

Es war wieder mal Freitag Abend. Emily richtete sich für den Abend und das Ergebnis konnte sich wirklich sehen lassen.

Wie bereits erwähnt hatte sie sich zu einer sehr attraktiven Frau entwickelt. Sie hatte eine top Figur, reine Haut, markante Wangenknochen, die ihr Gesicht um so einprägsamer machten, volle und zarte Lippen, helle Haut und eine atemberaubende dunkelblonde Mähne.

Alleine mit ihren Brüsten war sie nicht ganz zufrieden, da die in ihren Augen gerne etwas größer hätten sein könne.

An diesem Abend trug sie ein azurblaues, enges Kleid von Dolce & Gabbana das mit seinem trägerlosen Schnitt beeindruckte. Dazu schwarze High Heels und eine kleine Clutch.

Man hätte denken können, dass sie zu einer Preisverleihung wollte.

Mit ihren Mitbewohnerinnen ging sie in einen angesagten Club und genug Männer beachteten sie und hatten dabei wohl gewissen Fantasien mit ihr.

Die Mädels-Clique bestellte Cocktails und sie amüsierten sich gut, bis Silvia sich vom Tisch entfernte und länger nicht wieder kam. Nach 20 Minuten machten sich die beiden Sorgen und suchten sie. Neben den Toilettenräumen war eine abgedunkelte Sitzecke wo Silvia lag und mit einem Typen rummachte, man sah ihr aber an, dass irgendetwas anders war.

Sie wirkte sogar etwas sediert. Da war ihnen klar, dass sie etwas eingeworfen hatte.
Silvia winkte die beiden rüber und fragte „wollt ihr auch was?". Obwohl sie eigentlich nein sagen wollten, kam Emily wieder ihre innere Leere in den Sinn, die trotz dem tollen Sex mit ihrem Mitbewohner immer mal wieder auftauchte. „Ein Versuch wird uns wohl nicht umbringen", sagte sie zu Eva und nahm eine der Pillen, Eva schloss ich an.
Auf die Frage was das sei, antwortete Silvia „Roofies" und Emily wusste natürlich gleich dass es sich um Flunitrazepam oder auch bekannt als Rohypnol handelte, schließlich kam sie aus einer Ärztefamilie.
Das Zeug wirkte bald und die Freundinnen fühlten sich wie auf Wolken. Alles um sie herum schien sich zu verändern. Dinge bewegten sich und sie fühlten sich irgendwie leicht und entspannt. Dann kamen noch zwei andere Männer dazu, warfen sich das selbe Zeug ein und gesellten sich zu den Damen.
Es dauerte keine fünf Minuten bis alle miteinander herumknutschten, sich an die Wäsche gingen und schnell wurde aus der Sitzecke eine Sexlandschaft auf der sich eine Orgie abspielte. Nein hier hatte nicht jeder einen, hier hatte jeder jeden. Es schien als würden alle irgendwie ineinander stecken. Ganz gleich ob sich die Mädels mal gegenseitig mit dem Finger und der Zunge befriedigten oder sich die drei Typen küssten oder sich gegenseitig die Schwänze lutschten. Es war so, alsob alle ihre Hemmungen verloren hätten und einfach nur in Ekstase waren. Vermutlich wussten alle beteiligten nicht mal mehr ihre Namen geschweige denn was sie da gerade taten, aber sie hatten ihren Spaß ganz ohne Zweifel. Den abgedunkelten Raum erfüllte der Geruch von Sex und bei einem Blick hinein, konnte man nur die sich räkelten Körper erkennen, die schon von einer

leichten Schweißschicht überzogen waren und trotz der lauten Musik war das Stöhnen mehr als nur wahrzunehmen.

Als am nächsten Morgen der Wecker klingelte, wachten die Mädchen alle im Wohnzimmer auf. Sie hatten keine Ahnung mehr wie sie nach Hause gekommen waren, auch was sich in dem Club abspielte war nicht mehr ganz vollständig in ihrem Gedächtnis verankert. Und wie aus heiterem Himmel sagte Emily plötzlich „das können wir öfters machen!".
Eva und Silvia sahen sie mit großen Augen an und wollten sie bereits fragen ob sie einen Knall hat, doch dann stimmten auch sie sich um und ihnen fiel bei genauerer Betrachtung auf, dass sie auch Spaß daran hatten.
Was Emily aber in diesem Moment noch nicht ganz klar zu sein schien war, dass dies der erste Schritt in eine Sucht war.

Es entwickelte sich dazu, dass die Freundinnen häufiger in diesen Club gingen und in den meisten Fällen lief es wieder genau so wie am ersten Abend. Anfangs noch ganz gemütlich Cocktails trinken und tanzen und gegen Mitternacht verschlug es sie immer wieder in diese dunkle Sitzecke, wo scheinbar auch meist die selben Typen bereits ihren Platz eingenommen haben wie beim ersten Mal.
Einen Roofie eingeworfen und in Kombination mit dem Alkohol konnte der Spaß losgehen.
Doch bereits nach dem dritten Mal hatte Emily auch unter der Woche Lust auf diese Wunderbaren Pillen und traf sich mit dem Typen, der ihr das Zeug im Club immer gab. Zwei Stück kosteten ihr zehn Pfund aber diesen Preis nahm sie in kauf für diese Wirkung.

Nach dem Lernen legte sie sich in ihr Bett und nahm eine Pille um runterzukommen und ja das tat sie.
Seelenruhig schlief sie ein und wachte fünf Stunden später wieder auf, als Eva in ihr Zimmer kam und sie fragte ob sie etwas mitessen wollte. Und ja das wollte sie, durch diese Substanz hatte sie richtig Heißhunger bekommen. Doch sie ließ sich am Tisch nicht anmerken dass sie was genommen hatte und als Silvia meinte „du siehst irgendwie fertig aus" meinte sie nur, sie sei einfach müde.

Zu Emilys Glück finanzierte ihr Vater ihr Studentenleben. Er zahlte ihre die Kosten die für die Wohnung anfielen und sie bekam monatlich Geld für Lebensmittel und für ihre Freizeitgestaltung.
Doch die Pillen waren teuer und das führte dazu, dass Emily immer öfters keine Lebensmittel kaufte weil sie das Geld für ihre Drogen brauchte. Es war wirklich so weit, sie war süchtig.
Wenn sie zwei Tage lang keine Rohypnol nahm, bekam sie Schweißausbrüche und ihr wurde extrem schlecht. Doch sich auf einen Entzug einzulassen kam für sie nicht in Frage, schließlich liebte sie es auf einem Trip zu sein, wie jeder andere Abhängige wohl auch.
Nur bekam sie leider Probleme mit ihren Mitbewohnern, da sie ihren Teil zur Wohngemeinschaft nicht mehr beigetragen hat und um zu verhindern, dass jemand merkt wie abhängig sie schon ist, musste sie sich etwas einfallen lassen um an Geld zu kommen.

Alle zwei Wochen fuhr Emily am Wochenende zu ihrem Vater. Er half ihr gerne beim lernen, schließlich war auch ihm wichtig, dass aus seiner Tochter mal eine gute Ärztin wird. Einmal jedoch teilte er ihr mit, dass sie das Lernen am kommenden Wochenende verschieben müssen, da er

auf einer Tagung in Barcelona sein wird. Erst dachte sie sich nichts dabei, doch dann kam ihr die Idee.
Emilys Vater hatte in einer Schublade in seinem Schrank immer Bargeld und sie hatte noch den Schlüssel zu seiner Wohnung. Ihre innere Stimme versuchte ihr auszureden den eigenen Vater zu beklauen, aber es schien der einfachste Weg zu sein um an ihr Zeug zu kommen.

So kam es dazu dass sich Emily am Samstag Abend auf den weg in die Wohnung ihres Vaters machte um sich Geld zu holen.
Sie hatte Angst erwischt zu werden aber natürlich riskierte sie es.
Den Schlüssel ins Schloss gesteckt und sie war in der Wohnung. Das Geld befand sich im oberen Stockwerk und da marschierte sie auch gleich hin und durchsuchte die Schubladen.
Doch das Schicksal wollte ihr vermutlich einen Strich durch die Rechnung machen und hatte dafür gesorgt, dass der Vater wohl doch kein Bargeld mehr lagernd hatte.
Auf einmal nahm sie ein Geräusch wahr und hörte blitzartig auf sich zu bewegen.
In diesem Moment hörte sie die Haustüre. Jemand öffnete sie und kam herein. Schnell verschloss sie leise die Schubladen, ergriff die Flucht und versteckte sich im Kleiderschrank. Die Türen hatten Lamellen, so dass es ihr möglich war durch die Schlitze hindurchzusehen.
Waren es Einbrecher? Emilys Herz begann zu rasen und sie hatte wirklich Angst. Die Frage die sie sich jetzt stellte war, ob es schlimmer wäre, wenn es sich um Einbrecher handelte oder um ihren Vater. Schließlich könnte beides für sie schlecht ausgehen. Entweder wird sie umgebracht oder ihr Vater streicht ihr wegen dem Versuch des

Diebstahls die Mittel.
Es war deutlich zu hören, dass es zwei Männer waren, weil sie sich sogar noch unterhielten während sie die Treppe hochkamen.
Ihre Hände waren schon nass vor lauter Furcht und dann öffnete einer der beiden die Schlafzimmertüre. Das Licht war aus und sie konnte nicht erkennen wer es war. Dann machte der eine die Stehlampe neben dem Bett an und sie sah ihn.
Es war ihr Vater, der den anderen Mann wild zu küssen begann, während sie sich ins Bett warfen und begannen sich auszuziehen. Emily konnte es nicht glauben, dass ihr Vater wohl auf Männer stand.
Aber aufhören zuzusehen konnte sie nicht.
Die beiden zogen das volle Programm durch. Erst küssten sie sich am ganzen Körper bis sie sich anfingen gegenseitig einen zu Blasen. Ihr Vater lag da und schnaufte während sein Liebhaber ihm an der Eichel leckte. Und dann das ganze umgekehrt.
Sie wusste dass es abartig war ihrem eigenen Dad beim Sex zuzusehen aber aus irgendeinem ihr unerfindlichen Grund machte sie das an, zu sehen wie es zwei Männer miteinander tun, ganz egal wer es in dem Moment war.
Dann setzte ihr Vater sich hin und sein Partner setzte sich auf ihn. Sie hatte genau den perfekten Winkel um zu sehen wie der Schwanz ihres Vaters in den Arsch des anderen rutschte, während der sich auf ihn setzte.
Es war besser als jeder Film es sein könnte. Die beiden fickten als gäbe es kein morgen und da ihr Vater ein sehr attraktiver Mann war und der andere Typ auch nicht von schlechten Eltern war, zeigte sich ihr so eine Szene wie aus einem high quality Sexmagazin.
Während der Mann auf ihrem Vater ritt, küssten sich die beiden, strichen mit den Händen über ihre Körper und stöhnten so sanft und doch erfüllt. Es schien als hätten

sie alles um sich vergessen.
Doch wieso Schwängerte ihr Vater ihre Mutter wenn er eigentlich auf Männer steht? Eine Menge Fragen wanderten durch ihren Kopf bis sie sich denken konnte warum. Immerhin stand ihr Vater in der Öffentlichkeit und wollte so vermutlich den bestmöglichen Eindruck machen um nicht irgendetwas nachgesagt zu bekommen und hatte deswegen etwas mit ihrer Mutter. Aber wieso kam dabei ein Kind zu Stande?
Nach etwas mehr als einer halben Stunde kamen beide zum Höhepunkt und suchten anschließend die Dusche auf. Da sah Emily ihre Chance und schlich sich aus der Wohnung.
Ohne Geld und mit dem Wissen über ihren Vater ging sie wieder nach Hause und wusste nicht was sie jetzt tun sollte.

Sie liebte es high zu sein aber ihr wurde nach und nach Klar, dass das ihre Karriere den Bach runter treiben könnte. So fasste sie einen Entschluss. Sie wollte damit aufhören und versuchte es selbst.
Bereits am nächsten Morgen hatte sie Entzugserscheinungen und meldete sich bei der Universität als krank. Sie wollte das jetzt durchziehen und wieder clean werden. Also schloss sie sich in ihr Zimmer ein, mit einem Eimer neben dem Bett falls sie sich übergeben müsste und nahm eine halbe Valium, um das ganze etwas erträglicher zu machen.
Natürlich war es nicht die beste Lösung sich ein Mittel reinzustecken, dass von der selben Gruppe stammte wie ihre Droge von der sie wegkommen wollte, aber es war vermutlich die einfachste Lösung.
Die Entzugserscheinungen wurden stärker und trotz der Schlaftablette spürte sie davon mehr als ihr lieb war. Alles drehte sich, schweißüberströmt lag sie in ihrem Bett und

zitterte. Den Eimer hatte sie zu Recht mitgenommen den übergeben hat sie sich nicht nur einmal.
Krämpfe zogen ihren Körper zusammen und sie fühlte sich so grauenhaft wie nie zuvor.
Doch nach einigen Stunden wurden die Symptome etwas schwächer und sie war stark genug um sich Wasser zu holen und den Eimer unter großem Kraftaufwand zu entleeren.
Nach zwei Gläsern Wasser legte sie sich wieder ins Bett und die Entzugserscheinungen dauerten an.
Um zu verhindern, dass sie jemand so findet, hatte sie bereits am Morgen einen Zettel auf die Türe geklebt auf dem Stand „Bin krank und schlafe bitte nicht hereinkommen!" und ihre Mitbewohner hielten sich auch daran als sie heimkamen.
Doch überstanden war es nach diesem Tag noch nicht. Es ging am nächsten Tag so weiter und auch wenn die Symptome schwächer wurden, waren sie immer noch allgegenwärtig. Sie konnte nicht entscheiden welche die schlimmsten waren, weil es die Kombination aus allen war, die so unerträglich schmerzte. Doch sie biss die Zähne zusammen und sagte sich laufend „ich muss da durch!" und für dieses Durchhaltevermögen war sie trotz allem etwas stolz auf sich.
Am vierten Tag ging es ihr schon viel besser. Die Schmerzen waren fast alle weg und sie schwitze nicht mehr wie aus einer Wasserleitung und so nahm sie ein Bad um sich wieder frischer zu fühlen.
In der darauffolgenden Woche war wieder alles relativ gut und sie beschloss wieder auf den Campus zu gehen, schließlich wollte sie nicht zu viel versäumen.

Sie lernte wieder mehr und hielt sich von dem Club fern, auch wenn es ihr schwer fiel, immerhin hatte sie dort Spaß aber dafür vögelte sie jetzt wieder öfters mit Robert

ihrem Mitbewohner und das tat ihr auch gut ohne Drogen im Blut. Er war auch wirklich ein wunderschöner Mann. Sie liebte seinen Körper. Er war geschätzte 1,80 Meter groß, schlank aber doch trainiert, hatte helle weiche Haut, seine leicht muskulöse Brust war von Haaren übersäht, die aber alle getrimmt waren, an seinem Bauch zeichneten sich die Muskeln ab und sein beschnittener Schwanz war wundervoll proportioniert und hatte genau den richtigen Winkel um sie zu ideal zu befriedigen.
Sein Gesicht war eher schmal und auch bei ihm zeichneten sich die Wangenknochen deutlich ab.
Er hatte rehbraune Augen und braunes kurzes Haar, dass er etwas aufstellte. Den Bart trug er im 3-tages Look und meist war er sehr sportlich in Jeans uns T-Shirt unterwegs.
Hatte sie sich etwa in ihn verknallt? Oder war es nur der Sex den sie mit ihm so liebte?
Sie wusste es nicht und ließ es erstmal so wie es war um nichts zu zerstören.

Als sie an einem Wochenende ziemlich scharf war, fuhr Robert aber zu seinen Eltern was Emily natürlich nicht sehr freute aber sie beschloss selbst Hand anzulegen und es sich selbst zu besorgen.
Doch was nahm sie als Vorlage. Schließlich hatte sie von Robert keine Fotos.
Da kam es ihr in den Sinn.
Aus irgendeinem Grund turnte es sie an, wie ihr Vater Sex mit diesem Mann hatte. Ihr war klar, dass es irgendwie krank war sich so etwas vorzustellen, aber der Moment als Ihr Dad in seinen Liebhaber eingedrungen ist, erzeugte bei ihr Gänsehaut im guten Sinn.
Also gab sie sich selbst den Finger und stellte sich diese Szene dabei vor und es funktionierte wirklich gut. Auch wenn es in live bestimmt besser wäre. Und da hatte sie

eine abartige Idee.
Sie suchte den nächsten Elektrofachmarkt auf und kaufte sich eine Videokamera.
Ihr Plan war es, sich wieder im Schrank ihres Vaters zu verstecken und das ganze Szenario zu filmen. Doch wie konnte sie wissen, wann der Besuch wieder da war. Dieses Wochenende rechnete ihr Vater nicht mit ihr, vielleicht war das die Gelegenheit.
Doch ohne Vorbereitungen war das natürlich nicht möglich. Sie tätigte also einen Kontrollanruf bei ihrem Dad um herauszufinden was er an diesem Tag noch so vorhatte und wann der ideale Zeitpunkt war, unbemerkt in die Wohnung zu gehen.
Am Telefon meinte er, er sei gerade noch einkaufen und als sie ihn fragte was er noch vor hatte, dauerte es einen Moment bis er ihr antwortete und meinte dann er würde sich nachher mit Kollegen treffen. Natürlich hatte Emily diese Lüge durchschaut und wusste was zu tun war.
Sie meinte noch, dass sie am nächsten Tag auf Besuch kommen würde und er willigte ein. Schließlich wollte sie ihre Kamera abholen, die hoffentlich was brauchbares aufzeichnen konnte.
Der Speicherplatz der Geräts reichte für sechs Stunden was einfach reichen musste und sie hatte natürlich Hoffnung dass auch der Akku das mitmachen würde.

Sofort fuhr sie also los in die Wohnung ihres Vaters und versteckte die Kamera im Kleiderschrank. Irgendwo zwischen alten T-Shirts, wo er sie hoffentlich nicht finden würde und drückte die Taste zum Aufnehmen. Sie prüfte ihr Versteck und stellte fest, dass man sie nicht sah.
Schnell verließ sie die Wohnung wieder und machte sich auf den Heimweg.
Auch wenn sie weit weg vom Geschehen war, fraß die Spannung sie beinahe auf.

Am nächsten Morgen wachte sie bereits um sieben Uhr auf und konnte es kaum erwarten sich fertig zu machen und ihren Vater zu besuchen.
Wie verabredet Stand sie um elf Uhr mit Kaffee vor seiner Türe.
Er öffnete und war offensichtlich noch nicht so lange munter. Sie sagte „ich geh kurz ins Badezimmer mich frisch machen", und sprintete in den ersten Stock, wo sie schnell die Kamera aus dem Schrank holte, in ihre Tasche packte und wieder nach unten ging.
Sie unterhielten sich wie üblich und dann stellte Emily die Fragen.
„Gibt es denn eigentlich niemanden in deinem Leben?".
Er war überrascht und sagte „Naja ich habe da jemanden kennengelernt aber darüber können wir uns unterhalten wenn die ganze Sache spruchreif ist."
Damit gab sie sich erstmal zufrieden doch langsam wollte sie auch wieder aufbrechen, schließlich interessierte es sie brennend, was die Kamera aufgezeichnet hat.
Eine halbe Stunde später kam sie zu Hause an und steckte sofort den Camcorder an um sich alles anzusehen.
Fast drei Stunden passierte nichts doch dann ging es los.
„Bingo" kicherte sie und sah sich das Video an. Diesmal war es etwas anders. Alles begann wie beim ersten mal. Die beiden küssten sich und lutschten an ihren Schwänzen, doch dann lag ihr Dad auf dem Rücken und sein Lover hob seine Beine an und fickte ihn. Die Auflösung der Gerätes war fantastisch denn sie konnte alles genau sehen und das turnte sie sowas von an, dass sie am liebsten sofort einen Mann besprungen hätte.
Ein schlechtes Gewissen hatte sie nicht, obwohl ihr bewusst war, dass das was sie da tat unrecht und außerdem pervers war.

Wie der Zufall es so wollte, kam eine Stunde Später Robert von seinen Eltern zurück und klopfte an ihre Zimmertüre.
Sie öffnete und zog ihn herein, kniete vor ihm nieder und öffnete seine Hose. Es dauerte keine zehn Sekunden und schon lutschte sie an seinem Schwanz, als gäbe es kein morgen. Er war zwar überrascht aber mochte das ganze ja genau so wie sie.
Sie lutschte und leckte was das Zeug hielt und schließlich zog sie sich aus, warf Robert in ihr Bett und setzte sich auf ihn. Selten zuvor blühte sie beim Sex so auf und kam so in fahrt, was natürlich nicht gegen seinen Willen war. Er setzte sich auf und drückte ihren Oberkörper hinunter, rieb seinen Schwanz über ihren Hintern und nahm sie schließlich von hinten.
Eine ganze Stunde lang trieben sie es wie die Karnickel und waren anschließend richtig erschöpft aber befriedigt wie es besser nicht hätte sein können.
Doch da fiel es ihr ein. Wieso hatte sie die Kamera nicht laufen lassen, dass sie auch Robert Digital verewigen konnte. Das ließ ihr keine Ruhe und sie überlegte wie sie am besten vorgehen könnte.

Eine Valium wird ihm nicht schaden, dachte sie sich am nächsten Tag und beschloss die Tablette zu zerkleinern und sie ihm in seinen Orangensaft zu mischen, den sie ihm dann brachte.
Nichtsahnend trank er die einschläfernde Mischung und bereits eine halbe Stunde später merkte er langsam die Wirkung. „Hey Emily ich bin müde und werde mich mal ins Bett legen!".
Sie sah ihre Chance und holte die Kamera. Als sie an seine Türe klopfte, reagierte er nicht, das war das Zeichen, dass er schlief. Sie öffnete also die Tür und ging hinein und er schlief wirklich tief und fest wie ein Baby.

Vorsichtig zog sie ihm die Shorts aus, um ihn ja nicht aufzuwecken, doch er bekam das ganze nicht mit. Die Kamera aktiviert, legte sie diese aufs Bett und begann mit deinem Schwanz zu spielen. Erst streichelte sie ihn nur, begann ihn zu küssen und schließlich lutschte sie daran. Doch durch das Valium war er so sediert, dass er keine richtige Erektion bekam, was sie aber nicht störte, sie hatte sein Teil aufgenommen und das reichte ihr vollkommen. Sie zog seine Hose wieder hoch und schlich aus dem Zimmer. Sofort sah sie sich die Aufnahmen an und war wieder erregt, jetzt konnte sie ihn aber nicht zum Vögeln holen, also machte sie es sich wieder selbst.

Emily hatte eine wichtige Zeit vor sich, schließlich standen die ersten Wochen als Assistenzärztin in einer Klinik bevor und dort musste sie Höchstleistungen bringen. Vermutlich ist das der Moment auf den sich jeder Medizinstudent freut und mit Gefühlen von Freude und Stolz entgegenfiebert.
Doch auch Angst ist ein Teil dieses Schrittes, schließlich möchte man keine Fehler machen und sich auch vor dienstälteren als fähig beweisen.
Am Wochenende davor, telefonierte ihr Vater mit ihr und lud sie zum Abendessen ein, was ihr auch sehr recht war, denn er konnte ihr bestimmt noch sinnvolle Tipps für die Zeit als Assistenzärztin geben deshalb nahm sie die Einladung nur zu gerne an.
Doch was sie nicht wusste war, dass er etwas anderes an diesem Abend im Sinn hatte.
Gegen 18 Uhr stand sie vor seine Türe und läutete. Ihr Vater öffnete und bat sie herein. Sie umarmten sich und unterhielten sich, während er noch das Essen zubereitete. Da fiel Emily auf, dass der Tisch für drei Personen gedeckt war. „Erwartest du noch jemanden?", fragte sie. Er drehte sich zu ihr um und lächelte. „Du hast mich doch

letztens gefragt, ob es jemanden im meinem Leben gibt", antwortete er und in diesem Moment kam der Mann, mit dem ihr Vater Sex hatte die Treppe runter. Sie wusste es und das freute sie irgendwie. Auch mit der Tatsache dass ihr Vater schwul war, hatte sie keine Probleme, immerhin ist das etwas ganz normales.
Der Freund ihres Vaters stellte sich als Jeff vor und freute sich, die Tochter seines Freundes endlich kennenzulernen.
Das Essen war fertig, sie setzten sich an den Tisch und redeten als ob sich alle anwesenden schon ewig kennen würden.
Emilys Vater erklärte ihr, dass sie die Beziehung nicht gerade öffentlich führen, da es keinen etwas anging und er außerdem nicht wollte, dass die Menschen über ihn reden und sie verstand das natürlich und noch viel wichtiger, Jeff hatte dafür vollstes Verständnis.
Der Abend verlief schön und gemütlich doch auf einmal hatte Emily diese Szene aus dem Schlafzimmer im Kopf, jetzt wo sie mit den beiden am Tisch saß und so sehr sie auch versuchte sich abzulenken, wenn sie die Männer ansah, hatte sie unweigerlich das Bild im Kopf wie Jeff auf ihrem Vater saß, doch sie beherrschte es schließlich und konnte es verdrängen.
Nachher am Abend unterhielten sie sich noch über die Assistenzarzt Sache.
Jeff war auch Arzt genauer gesagt Plastischer Chirurg also konnte er ihr auch den ein oder anderen Tipp geben was sie beachten sollte und so unterhielten sie sich noch geschätzte zwei Stunden über dieses Thema und Emily machte sich Notizen.
Erst jetzt fiel ihr auf, dass es draußen wie aus Eimern schüttete und so meinte ihr Vater sie solle doch über Nacht bleiben und in ihrem Zimmer schlafen, was eindeutig die einfachste Lösung war, da sie ja auch ein

paar Gläser Wein hatte.
Sie richtete sich fürs Bett und legte sich hin, doch schlafen konnte sie noch nicht.
Auf einmal nahm sie Geräusche wahr die aus dem Schlafzimmer ihres Vaters kamen.
Sie hatten offensichtlich Sex und der Gedanke und die passende Geräuschkulisse machte sie irgendwie an. Dann stellte sie sich vor, wie sie hinübergeht und mitmachte und befriedigte sich zu diesem Gedanken selbst. Erst als sie fertig war, wurde ihr klar, wie krank diese Gedanke sind und versuchte sie wieder zu verdrängen und schlief ein.
Sonntags beim Frühstück musste sie sich das grinsen verkneifen, als die beiden Männer mit Schlafzimmerblick am Tisch neben ihr saßen aber sie machte sich dann auch gleich auf den Weg.

Als sie in ihrer Wohnung ankam, war wohl auch Robert gerade aufgewacht und das brachte sie so in fahrt, dass sie sofort mit ihm ihn die Dusche ging und sich von ihm ficken ließ. Die Tatsache, dass er diesen Schlafzimmerblick drauf hatte, den ihr Vater und Jeff auch hatten erregte sie nun mal und das ließ sie sich auch anmerken.
Den restlichen Tag über lernte sie und bereitete für Montag, den ersten Tag in der Universitätsklinik von London.
Montag sechs Uhr, der Wecker riss Emily aus dem Schlaf und zeigte ihr so, dass es Zeit für die Arbeit war. Sofort sprang sie auf und stellte sich unter die Dusche. Die Freunde und die Aufregung waren so groß, dass sie bereits um diese Uhrzeit auf Hochtouren lief.
Um sieben Uhr verließ sie die Wohnung und machte sich auf den Weg in die Klinik wo sie über pünktlich um Acht bereit stand.

Die Klinik war riesig und mit modernster Ausstattung. Zusammen mit den anderen neuen Assistenzärzten für Chirurgie fand sie sich im dritten Obergeschoss ein. Auf dieser Etage befand sich die Allgemeinchirurgie und da kam auch schon ein großer, schlanker Mann mit Kurzen rotblonden Haaren auf sie zu und stellte sich allen als Dr. Forrester vor. Er war Chefarzt der Chirurgie und hielt eine Ansprache um den Neulingen einen Überblick zu verschaffen, ihnen Ihre Aufgaben mitzuteilen und sie nach ihren gewünschten Spezialgebieten zu befragen. Alle wurden ihren Vorstellung entsprechen in Allgemein-, Neuro-, Orthopädische-, Plastische-, Pädiatrische- und Kardiologische-Chirurgie unterteilt. Emily konnte sich noch nicht entscheiden, schließlich wollte sie erstmal einen Überblick bekommen und sich dann genauer entscheiden, also meldete sie sich für die Allgemeinchirurgie. Und dann sah sie auch ihren Vater der an diesem Tag ebenfalls da war, doch da er im Stress war, kam er nur kurz zu ihr, umarmte sie und wünschte ihr viel Glück.

Zusammen mit den zwei anderen, die sich für diese Richtung gemeldet hatten ging sie also in die Abteilung in der sie ab jetzt arbeiteten und traf dort auf ihre Oberärztin. Eine ungefähr 1,75 große Frau, mit traumhaft vollem und edel gewelltem dunkelbraunem Haar, einem Weißen Kittel über ihr elegantes Outfit und Christian Louboutin High Heels stellte sich als Dr. Megan Foster vor. Man sah ihr an, dass sie eine Frau war, die wusste was sie tat. Sie strahlte Selbstsicherheit und Professionalität aus.
„Sie haben sich also für die Allgemeine entschieden und werden in nächste Zeit mit mir zusammenarbeiten. Dann mal auf einen guten und erfolgreichen Start", sagte sie und bat die drei Damen ihr zu folgen.

Emily und ihre beiden Kolleginnen Christina Smith und Cameron Hamilton waren gespannt auf die Arbeit und fühlten sich gut aufgehoben als sie der atemberaubenden Dr. Foster folgten.

Gleich zu Beginn gab es einen Test. Dr. Foster suchte mit ihren drei Schülerinnen eine Patientin auf. Sie las das Krankenblatt vor „Miss Ford hat eine erhöhte Leukozytenzahl und klagt über Schmerzen im Abdomen. Um welches Problem handelt es sich?"

Emily schoss die Antwort wie aus der Pistole heraus „Ihr Blinddarm könnte entzündet sein und muss möglicherweise entfernt werden!"

Dr Foster sah sie an und sagte „Gut! Sie alle begleiten mich in den OP. Bereiten wir Miss Ford auf die OP vor!"

Sie konnten es kaum glauben, dass sie bereits am ersten Tag bei einer Operation dabei sein durften.

Eine halbe Stunde später war es so weit und es ging in den OP. Natürlich durfte sie an ihrem ersten Tag nicht unglaublich viel tun, aber alleine die Anwesenheit bei einem Eingriff erfüllte sie mit Stolz und Freude.

Sie beobachtete jeden Schritt ihrer Oberärztin ganz genau und prägte sich alles gut ein. Am Ende der Operation Fragte Dr. Foster „Dr. Wild empfehlen sie eine einfache Intrakutannaht oder Einzelknopfnähte?"

Emily überlegte kurz und entschied sich für ersteres. Dr. Foster Antwort „Gut das hätte ich auch gemacht."

Die Operation war vorbei und sie fühlte sich wie auf Wolken, ihre erste richtige Erfahrung als Chirurgin lag hinter ihr und daran würde sie noch lange zehren.

Gleich unterhielt sie sich mit Christina und Cameron über die Details.

Da kam Dr. Foster auf sie zu und wies die drei dazu an ihr auf der Visite zu folgen und einfach zuzuhören.

Mit Patienten ging sie Details zu ihren Erkrankungen und den Operationen durch und klärte sie über alle aktuellen

Stände auf.
Interessiert hörten sie zu und machten sich Notizen um nach Dienstschluss damit lernen zu können.
Bei einem Patienten jedoch wurde sie Stimmung düster. Dr Foster sagte „Mister Simons sie haben ein Melanom das Metastasen gestreut hat, die wir leider nicht alle entfernen können und auch die Behandlung mit Interleukine II hat bisher keine ausreichende Wirkung gezeigt." Der Patient verstand nicht genau und fragte nach was das jetzt bedeutet und darauf sagte Dr Foster „Dr. Smith erklären sie es dem Patienten bitte!"
Christina tat sich schwer es auszusprechen aber erklärte dem Patienten, dass sich der Krebs in seinem Körper vermehrt und eine Operation nicht möglich ist, da die Metastasen auch schon das Gehirn befallen hatten und es nahezu unmöglich ist diese dort zu entfernen.
Er konnte es nicht glauben und bekam dermaßen Panik, dass er einen Anfall bekam und sein altes Herz aussetzte.
„Bereiten sie Adrenalin vor! Holen sie den Defibrillator, ich beginne mit der Herzmassage!", rief Dr. Foster und blitzartig wurde es hektisch im Raum. Die jungen Ärztinnen machten sich sofort an die Arbeit. Emily kümmerte sich um die Injektion, während Christina und Cameron den Defibrillator holten. Es war ein spannendes Gefühl so eine Situation Hautnah mitzuerleben aber sie gaben alle ihr Bestes und befolgten die Anweisungen. Schnell hatten sie ihn wieder und Dr. Foster war erfreut darüber, dass die Neulinge so schnell reagierten und sich beteiligten.
Den restlichen Tag durften sie an Fleischstücken üben Nähte zu machen was bei allen relativ gut aussah wie ihre Vorgesetzte fand.
Nach zehn Stunden war der erste Tag zu Ende und die drei Kolleginnen beschlossen noch auf einen Drink zu gehen um sich besser kennenzulernen, schließlich

würden sie einige Zeit zusammenarbeiten und wenn man sich gut versteht, würde es auf jeden Fall einfach werden. Und sie verstanden sich wirklich gut, erzählten sich von ihrer Vergangenheit und ihrem Leben. Natürlich packte Emily ihre Perversionen nicht auf den Tisch, das ging keinen etwas an und würde sie nur in ein schlechtes Licht stellen. Doch in der Unterhaltung entdeckten die jungen Ärztinnen eine Gemeinsamkeit. Sie hatten alle schon Erfahrungen mit Drogen sind aber zum Glück schnell wieder davon weggekommen und diese Tatsache verband sie wohl noch schneller.

Fertig vom Tag kam Emily nach Hause und fiel sofort ins Bett und machte die Augen zu.
Die nächsten Wochen gestalteten sich interessant, denn die drei Nachwuchschirurginnen wurden in alle Themen ihres Berufs eingeführt. Sie mussten Diagnosen stellen, sich mit den wichtigsten Medikamenten beschäftigen, sich über Operationstechniken informieren, lernen bildgebende Verfahren richtig auszuwerten, die Vorschriften der Führung von Patientenakten kennenlernen und natürlich weiterhin an Nähten und dem Verarzten von kleinen bis großen Wunden üben.
Weiters lernten sie die anderen Kollegen kennen. Die Oberärzte der verschiedenen Fachrichtungen und natürlich ihre jungen Kollegen die den anderen Oberärzten untergeordnet waren.
Konkurrenzdenken gab es unter den jungen Ärzten bisher nicht, sie verstanden sich alle gut, lernten zusammen und unternahmen auch in ihrer Freizeit manchmal gemeinsame Dinge.
Doch Emily, Christina und Cameron wurden richtig gute Freundinnen und verbrachten auch außerhalb der Klinik viel Zeit miteinander.
Eines Abends als die drei Kolleginnen wieder mal was

trinken waren, kamen sie aus der Bar und wollten gerade die Straße überqueren, als plötzlich ein Auto des Weges kam und es nicht mehr schaffte zu bremsen. Der Fahrer erfasste Christina, die nach dem Bremsmanöver vor dem Wagen zum Liegen kam. Emily und Cameron rannten zu ihr und versuchten sie anzusprechen aber sie war bewusstlos. Sofort sprang der Fahrer aus dem Auto und fragte voller Panik ob es ihr gut geht, aber dem war offensichtlich nicht so. Sofort rief Emily einen Krankenwagen während Cameron sie oberflächlich untersuchte. Sie hatte Puls und atmete, aber sie war bewusstlos. Eine Wunde an der Stirn und eine offene Fraktur des rechten Schienbeins waren offensichtlich. Der Knochen stand aus dem Bein der jungen Frau und sie blutete. Emily holte den Verbandskasten aus dem Auto und versuchte die Blutung zu stillen, bis der Krankenwagen eintraf und es gelang ihr den Fluss etwas zu bremsen.

Dann kam auch schon der Krankenwagen. Sie beiden wiesen sich als Ärztinnen aus und fuhren mit ihr im Wagen zum Krankenhaus, wo sie auch schon der Oberarzt der Unfallchirurgie und zwei seiner Assistenzärzte erwarteten. Emily informierte ihre Kollegen über den Unfall und die sichtbaren Verletzungen, während die sie zum CT brachten.

Die Untersuchung ergab, dass außer der Fraktur und der Platzwunde keine weiteren Verletzungen entstanden sind und mittlerweile war Christina die durch den Schock das Bewusstsein verlor wieder ansprechbar und klagte gleich über Schmerzen, was alle erleichterte.

Der Oberarzt der Unfallchirurgie Dr. Meyer kümmerte sich gemeinsam mit der Oberärztin der Orthopädischen Chirurgie Dr. Olsen um die Fraktur. Die Operation dauerte fast zwei Stunden doch es lief alles gut und so konnten Emily und Cameron im Aufwachraum auf sie warten.

„Hey Süße, es wird alles gut und du wirst bald wieder laufen können", sagte Emily als Christina ihre Augen öffnete.
Es dauerte nicht lange und Christina durfte aus dem Krankenbett und war mit dem Rollstuhl und den Krücken etwas mobiler.
Da der Knochen langsam heilte, bekam sie noch Schmerzmittel um ihr das Ganze erträglicher zu machen.
Cameron sah das und fragte, „Was haben sie dir denn gegeben?", warf einen Blick auf die Schachtel und meinte „Morphin, du bekommst also das richtig gute Zeug" und grinste.
Die Heilung ging voran und bald war sie wieder richtig einsatzfähig.

Eines Tages piepte Dr. Foster ihre Schülerinnen an, sie mögen ins Konferenzzimmer kommen.
„Haben wir irgendwas angestellt?" fragte Cameron Emily aber sie wüsste nicht um was es gehen könnte.
Als sie ankamen, waren Dr. Foster, der Chefarzt, ein paar andere Oberärzte mit ihren Assistenzärzten und eine ihnen unbekannte Dame im Raum versammelt. Emily klopfte und sie betraten das Zimmer. „Ah da sind sie ja" sagte Dr. Foster „Das ist Miss Combs von der Transplantationsgesellschaft. Wir haben eine große und schwierige Operation vor uns. Sie sind für den reibungslosen Ablauf verantwortlich und werden im OP anwesend sein und assistieren. Es handelt sich um eine Domino-Nierentransplantation. Es werden acht Menschen zur selben Zeit operiert. Da die Familieneigenen Spender in keinem Fall passend sind, geben die ihre Niere jeweils jemandem, mit dem sie kompatibel sind und dessen angehöriger wiederum gibt sie jemandem mit dem er kompatibel ist. So dass zum Schluss jeder eine neue Niere bekommen hat. Ich möchte dass sie optimal

vorbereitet sind, hier haben sie die Patientenakten und einen Plan! In zwei Tagen ist es so weit".

Die drei verließen den Raum und bekamen Gänsehaut. So eine Operation haben sie noch nie gesehen aber bereits davon gehört und es war eine Ehre dabeisein zu dürfen.
Bereits am Abend nach der Arbeit setzten sie sich bei Emily zusammen um sich gemeinsam auf den Eingriff vorzubereiten.
Im Internet recherchierten sie und machten sich wichtige Notizen.

Der Tag kam und es fand eine Besprechung vor den Eingriffen statt. Alle Spender und Empfänger wurden mit einem farbigen Band am Arm markiert, das zeigte, welche Niere zu welchem Patienten ging um eine Verwechslung die das ganze Projekt gefährden würde zu verhindern.
Die Operationen verliefen nach Plan und ohne Komplikationen bis zu dem Zeitpunkt, als Cameron Dr. Foster die Niere bringen sollte und ausrutschte. Durch ein Leck der Wasserleitung sammelte sich eine Lacke am Boden, die bis dahin keinem aufgefallen war. Cameron wollte das Organ gerade aus dem Gefäß zum Spender tragen als sie ausrutschte und schwer stürzte. Die Niere flog auf den Boden und Cameron schlug mit dem Kopf am Waschbecken auf. Sie blieb bewusstlos am Boden liegen, neben ihr die Niere.
Sofort kamen Emily und Christina um nach ihr zu sehen. Emily packte die Niere und legte sie sofort wieder auf Eis, während Christina Cameron stabilisierte und Dr. Foster einen Arzt anforderte, schließlich konnte sie nicht von ihrem offenen Patienten weg.
Während die verletzte Assistenzärztin aus dem OP gebracht wurde, versuchten die anderen die Niere

einzusetzen und hofften, dass sie keinen Schaden davon getragen hatte.

„Na los werde rosa!" sagte Dr. Foster als sie die Niere mit den Gefäßen verbunden hatte und es tat sich nichts.

Doch plötzlich nahm das Spenderorgan Farbe an, was den Chirurgen signalisierte, dass die Transplantation trotz dem Unfall ein Erfolg war.

Carmen hatte auch Glück. Außer einer leichten Gehirnerschütterung war ihr nichts passiert.

Die Domino Operation haute hervorragend hin, alle Empfänger haben das neue Organ angenommen und es gab keine post operativen Komplikationen, was Dr. Foster in ihrem Ansehen steigen ließ, sogar eine Fachzeitschrift für Chirurgie kam auf sie zu von dem sie das nächste Titelbild schmückte.

Emily fand den Chefarzt der Chirurgie durchaus attraktiv und so kam es dazu, dass sie des öfteren Tagträume hatte, wie er wohl unter seinen OP Klamotten aussehen könnte. Doch das sollten nur Träume bleiben, schließlich könnte sie das ihren Job kosten, wenn sie ihren Vorgesetzten verführen wollte.

Die Tage vergingen und alle waren in ihrer Routine. Durch die Anwesenheit als Assistenten bei diversen Operationen lernten die drei Jungen Ärztinnen immer mehr dazu und konnten sich in die Materie einlernen.

Eines Tages jedoch passierte etwas, das drohte Emily das Leben etwas schwerer zu machen.

Um 20 Uhr wurden alle Chirurgen und deren Assistenzärzte in den großen Konferenzraum bestellt. Dort wartete bereits Dr. Forrester mit einem Mann, dessen Anblick Emily bereits in den ersten Sekunden eine Gänsehaut über den ganzen Körper trieb.

„Liebe Kollegen, ich möchte ihnen einen neuen Mitarbeiter vorstellen. Das ist Dr. Marc Watson und er ist Allgemeinchirurg und HNO-Chirurg. Er wird neben Dr. Foster Oberarzt der Allgemeinchirurgie und auch in der plastischen Chirurgie tätig sein" erklärte der Chefarzt.
Dr. Watson sah nicht aus wie ein üblicher Chirurg geschweige denn wie ein Arzt.
Er war geschätzte 1,83 groß, schlank aber doch leicht muskulös. Seine dunkelbraunen Haare trug er sehr kurz und gestylt. Er hatte rehbraune Augen und einen gepflegten Dreitagebart.
Doch das war noch lange nicht alles. Er trug eine schwarze Jeans und ein weißes Hemd, dessen Ärmel er bis über die Ellbogen aufkrempelte und so kamen seine ättoowierten Arme zum Vorschein. Die Tattoos bedeckten nicht die ganze Haut aber sie kamen trotzdem gut zur Geltung.
Wenn man ihn gesehen hätte und nicht wusste, dass er Arzt ist, hätte man wohl gedacht, er kommt direkt aus der Mode-Szene und nicht aus einem OP.
Und man merkte, dass auch die anderen Ärzte von seinem Style etwas verwundert waren, doch Dr. Forrester fuhr fort „Ja die Tattoos haben mich auch überrascht, aber lassen sie sich davon nicht täuschen. Dr. Watson hat in Yale mit summa cum laude abgeschlossen und hat eine Operationsbillanz von 99%."
Dr. Foster fügte hinzu „Ich denke ein wenig Farbe tut dem Krankenhaus gut und über einen Chirurgen mit dieser Billanz kann sich jede Klinik freuen. Herzlich willkommen Dr. Watson".
Dem stimmten alle nickend zu. Er bedankte sich dafür und sagte, dass er sich schon auf die Zusammenarbeit freue.
Dr. Forrester fuhr fort und erklärte, dass der neue Chirurg auch Dr. Foster vertreten würde, weil diese doch für zwei

Monate nach Texas gehen würde und dort als Ehrengast die Chirurgie einer Klinik auf den neusten Stand der Dinge bringen sollte.
Emily konnte es kaum glauben, dass sie in den nächsten Monaten unter „Dr. Hot" wie sie ihn ihren Freundinnen gegenüber nannte, arbeiten durfte.
Einen Tag vor ihrer Abreise sagte Dr. Foster noch zu ihren Nachwuchsärztinnen „Und blamiert mich nicht vor unserem neuen Kollegen" und zwinkerte ihnen zu.

5. Neues Verlangen

Bereits am nächsten Tag fand die Visite mit dem neuen Oberarzt statt und Emily war bemüht sich von ihrer besten Seite zu zeigen um einen bleibenden Eindruck zu hinterlassen doch ständig hatte sie das Verlangen mit ihm zu ficken. Aber auch wie bei ihrem Chefarzt würde sie das bestimmt keinem sagen.
Abgesehen davon, dass er echt heiß aussah, war er unglaublich professionell und machte sogar kleine Scherze um den Alltag etwas aufzulockern und damit machte er sich auch bei den Patienten beliebt.
Am Nachmittag fand seine erste OP in diesem Krankenhaus statt. Es handelte sich um die Entfernung eines Darmabschnittes, der von Krebs befallen war. Emily, Christina und Cameron assistierten und waren gespannt darauf zu sehen wie ihr neuer Vorgesetzter arbeitete.
Bereits als er in den OP kam bat er um Musik, er sagte, dass ihn die Musik beim Operieren inspirieren würde und so legte die Schwester eine CD ein. Es konnte also losgehen und ja sein Lebenslauf hatte nicht zu viel versprochen. Jeder Schnitt war exakt, seine Arbeit sauber und das Ergebnis wie aus dem Lehrbuch. „Dr. Hamilton, machen sie die Naht?".
Und ja Cameron musste er natürlich nicht zwei Mal fragen. Und als er ihre Arbeit begutachtete war er offensichtlich damit zufrieden.

Als es Abend wurde, ging Emily in den Ärzteraum, wo alle ihre Spinde hatten und wo es Duschen gab, um sich umzuziehen und nach Hause zu gehen. Als sie gerade ihre Tasche aus dem Spind nahm hörte sie, dass jemand in der Dusche war, dachte aber nicht darüber nach, schließlich duschten hier immer Leute. Doch kurz

nachdem das Wasser abgedreht wurde, drehte sie sich um und sah wie Dr. Watson aus der Dusche kam und er war nackt.
Er trocknete gerade seine Haare und sah wohl nicht dass Emily im Raum stand.
Sein Körper glänzte von der Nässe und das war mit Abstand der heißeste Anblick den sie je gesehen hatte.
Er hatte schöne Brustmuskeln, nicht zu wenig und nicht zu viel, einen leichten sixpack, der seitlich von den unglaublich schönen Muskeln entlang der Leisten umgeben war. Seine Beine waren nicht rasiert, aber wohl getrimmt. Auf der ebenfalls gestutzten Brust, über den kleinen Brustwarzen, die nach der kalten dusche etwas hart waren, hatte er eine Blüte tättoowiert und links am Bauch über der Leiste drei Sterne.
Der Brustkorb war leicht asymetrisch aber das störte nicht, es machte ihn wohl noch einzigartiger.
Am längsten jedoch starrte sie ihm auf den Schwanz. Auch hier waren die dunklen Haare kurz getrimmt und das traf auch für seinen knackigen Arsch zu.
An seinen Armen, die mit raffinierten Motiven tättoowiert waren, traten unter der dezenten Behaarung leicht die Venen hervor, was ihn trotz seiner schlanken Figur noch männlicher wirken ließ.
Emily hätte gerne mit jedem kleinen Wassertropfen auf seinem Körper getauscht.

Er nahm sich das Handtuch vom Kopf und erblickte sie. Schnell wickelte er sich das Handtuch um die Hüfte und sagte „Oh entschuldigen sie, ich habe nicht gesehen, dass jemand hier ist".
Sie sagte „Es ist doch nichts passiert, hier sieht man öfters unbeabsichtigt jemanden aus der Dusche kommen. Das gerade ist nicht passiert" und lächelte.
Er bedankte sich und zog sich an, während sie ihre

Sachen nahm und den Raum verließ.
Auf dem Weg nach Hause ging ihr der Anblick von ihrem Oberarzt nicht aus dem Kopf, ständig ging sie alles erneut Schritt für Schritt in ihrem Kopf vor dem inneren Auge durch.
Als sie heim kam war sie davon sichtlich erregt und das merkte auch Robert und ließ es sich nicht nehmen, auf sie zuzugehen, sie zu küssen und ihr unter das T-Shirt zu fahren und ihre Brüste zu berühren und auch ihr kam das sehr gelegen, da sie mehr als einfach nur erregt war.
Sie verschwanden in sein Zimmer und vögelten eine Stunde lang ohne Pause, anschließend blieb sie bei ihm liegen und schliefen ein.

Eine Woche später, kam Dr. Watson auf die drei Freundinnen zu und verkündete, dass er mit Dr. Foster gesprochen hatte und sie sich einig sind, dass eine der drei in dieser Woche ihre erste Solo Operation machen dürfte. Er würde sie bis dahin noch sorgfältig im OP beobachten und analysieren, welche am besten vorbereitet ist und diese Chance bekommt. Es handelte sich dabei um eine Blinddarm Operation.
Die Option auf eine Solo Operation ist wohl der Moment im Leben eines jungen Chirurgen auf den jeder mit Spannung zugeht. Das erste mal einen Patienten zu operieren und nicht nur als Assistent Klammern halten und beobachten ist wohl einer der wichtigsten Schritte in der Entwicklung auf der Langen Reise dieser Ausbildung.
Doch trotz dem hohen Druck wurden die Freundinnen nicht zu Rivalinnen immerhin gönnte jede der anderen diesen Erfolg und irgendwann würde sowieso jede zum Handkuss kommen, die eine eben früher, die andere später.
Trotzdem bereiteten sich alle gleichermaßen darauf vor

und gaben als Assistenten bis dahin ihr Bestes. Jeder Schritt wurde sorgfältig überlegt und durchgeführt, das Werkzeug wurde schon gereicht wenn Dr. Watson es erst anfordern wollte und so machten sie ihm die Entscheidung wohl nicht gerade leicht. Auf den Visiten erklärten sie den Patienten die Fachbegriffe um alles verständlich zu machen, wie sie es sowieso immer taten aber diesmal mit noch etwas mehr Elan.
Alle drei arbeiteten offensichtlich auf einem hohen Niveau und dass ihnen was an ihrem Job lag war nicht zu übersehen.
Am Donnerstag Nachmittag war es dann so weit. Sie wurden von Dr. Watson angepiept und waren sofort zur Stelle. Mit den Worten „Die Entscheidung fiel mir nicht leicht, sie leisten alle sehr gute Arbeit aber diesmal ist Dr. Wild die Auserwählte" eröffnete er seine Entscheidung die Emily vor Freude so richtig aufblühen ließ.
„Wir sehen und morgen um zehn Uhr im OP", sagte er und ging wieder.
Christina und Cameron waren zwar etwas neidisch aber gönnten es Emily von ganzem Herzen und immerhin durften sie assistieren und konnten so hautnah miterleben wie ihre Freundin ihre erste Operation meisterte.

Schließlich war es so weit und ihre große Stunde war angebrochen. Sie trafen sie alle vor dem Op und machten sich gemeinsam sauber. Es konnte also losgehen.
Unter der Aufsicht ihres scharfen Oberarztes und ihren Kolleginnen öffnete sie den Patienten und entfernte unter genauen Vorgaben von Dr. Watson den Blinddarm. Einen Schnitt nach dem anderen und schon war das Organ entfernt und die Öffnung konnte wieder geschlossen werden.
In diesem Moment fühlte sie sich mächtig. Der Patient auf dem OP-Tisch legte sein Leben in ihre Hände und es lag

an ihr was aus ihm wird. Nur ein kleiner Fehler und sie hätte ihn töten können.
So stark fühlte sich Emily noch nie in ihrem Leben und sie wollte garnicht aufhören zu operieren.
Nach dem Eingriff gratulierte ihr Dr. Watson und auch der Chefarzt kam der Weges und tat das Selbe.
Glücklicher hätte sie nicht sein können und nach Dienstschluss ging sie mit Christina und Cameron in ihre Stammbar um auf den erfolgreichen Tag anzustoßen und um sich zu unterhalten.
Doch ihre Freundinnen redeten mehr als sie. Emily schwebte dauernd in Gedanken. Auch wenn sie es sich nicht traute zu sagen, aber sie hatte das Gefühl, dass sie Profi sei und schon viel mehr könnte. Diese erste Solo Operation hat ihr das Gefühl von gottgleicher Macht gegeben und das ließ sie nicht mehr los. So strebte sie nach mehr und sie wollte nicht mehr lange warten. Doch natürlich bedeutet eine Operation nicht, dass man ab sofort alles und jeden operieren kann, das schien ihr aber egal zu sein.
Bereits am nächsten Tag assistierte sie Dr. Watson wieder bei einer Magenverkleinerung und hatte im Sinn, das Kommando zu übernehmen und tatsächlich, er ließ sie einen wichtigen Schritt bei diesem Eingriff machen. Davor fragte er sie jedoch, ob sie weiß wie sie vorgehen muss und ob sie sich diesen Schritt zutrauen würde. Ohne zu zögern antwortete sie mit „JA!" und begann zu schneiden. Da Übermut aber selten gut tut, machte sie einen Fehler und Verletzte ein Blutgefäß, was schnell zu einer Blutansammlung im offenen Abdomen führte und sie etwas in Panik versetzte.
Schnell übernahm Dr. Watson wieder die Führung und konnte den Fehler beheben.
Er sagte ihr, dass soetwas passieren kann, aber nicht passieren darf. Sie müsse genauer auf das

Operationsgebiet achten. Böse schien er aber nicht. Das beruhigte sie schnell und sie war sich ihrer Sache wieder so sicher wie zuvor.

Die Zeit verging und wie gewohnt assistierte sie bei Operationen und war dabei voll in ihrem Element, doch in ihr herrschte eine Unruhe, die sie so noch nicht kannte. Sie strebte nach mehr und die Tatsache, dass sie erst am Anfang ihrer Karriere stand, machte ihr da einen Strich durch die Rechnung. Am liebsten wäre sie wohl morgens aufgestanden und hätte non stop bis in die Nacht operiert. In ihrer Freizeit verschlang sie Fachbücher und eignete sich das Wissen des Internets an, sie wollte zu den Besten gehören und tat auch einiges dafür. Sogar Operationsmodelle kaufte sie sich, um auch zu Hause üben zu können. Doch es war zur Zeit keine Solo-OP in Sicht und das frustrierte sie.
In dieser Woche kam auch Dr. Foster wieder von ihrer Reise zurück und Emily hatte schon fast etwas angst, dass Dr. Watson vielleicht jetzt nicht mehr ihr Oberarzt sein könnte, doch das klärte sich schnell zu ihren Gunsten. Dr. Foster würde jetzt erst die Assistenzärzte von einem anderen Arzt übernehmen und so blieb es für Emily wie gewohnt.

Um sich mal abzulenken beschloss Emily ihre Mutter zu besuchen, was sie schon länger nicht mehr getan hatte. Sie läutete an der Wohnungstüre und ihre Mum öffnete. Sie hatte Augenringe und sah nicht besonders gut aus, doch auf die Frage was mit ihr sei, meinte sie nur, dass sie einen sehr langen Tag hatte und die Nacht davor kein Auge zubekommen hatte. Doch Emily war skeptisch und beobachtete ihre Mutter genauer. „Möchtest du einen Kaffee oder einen Tee Emily?", fragte sie und begann mit der Zubereitung. Während sie das tat, sah sich Emily um

und erblickte Alkoholflaschen neben dem Mülleimer und in der Küche stehen. Trank die Mutter also wieder oder ist das nur ein Zufall?
Um dem ganzen auf den Grund zu gehen fragte sie ihre Mutter wie es denn so in der Arbeit läuft und ob sie vielleicht jemanden kennengelernt hat. Julia erzählte, dass in der Arbeit einfach viel zu tun sei und sie der Job im Supermarkt sowieso ankotzen würde und dass Männer nur Schweine sind. Sie habe einige getroffen, die jedoch wollten sie nur in der Kiste haben und sind dann von der Bildfläche verschwunden, weswegen sie die Suche aufgegeben hat. Auch wenn sie ihre Geschichte noch klar rüberbrachte, war stark zu merken, dass sie nicht zu 100% klar war.
Die beiden unterhielten sich noch einige Zeit über ihr Leben bis Emily den Tisch verließ um auf die Toilette zu gehen, dort wurde sie unangenehm überrascht.
Beim Öffnen der Türen kam ihr ein scharfer Geruch von Erbrochenem entgegen, das in der Badewanne verteilt war und nicht abfließen konnte, weil das Abflussrohr der Wanne wohl verstopft war. Sie nahm einen Abflussreiniger und schüttete ihn in die Wanne um das Abfließen etwas zu beschleunigen doch als sie den Reiniger zurückstellen wollte, fiel ihr eine Flasche Wodka im Badezimmerschrank auf, was das unübersehbare noch zusätzlich untermauerte.
Sie ging zurück in die Küche wo ihre Mutter noch saß und sprach sie darauf an. Diese spielte natürlich alles herunter und meinte sie hat kein Problem, das sieht nur so aus, doch Emily war nicht blöd und noch dazu Ärztin, also wusste sie wie das abläuft und versuchte ihrer Mutter gut zuzureden, doch als die dann wütend und aufbrausend wurde, beschloss Emily ihr ein Ultimatum zu stellen.
„Wenn ich nächste Woche komme und du bist wieder betrunken, werde ich in der Entzugsklinik anrufen!", sagte

sie und verschwand.

Sollte sie mit jemandem darüber sprechen oder es lieber für sich behalten was mir ihrer Mutter los war? Doch sie entschied sich es vorerst für sich zu behalten und ging nach Hause, wo Robert schon mit dem Essen auf sie wartete und es ihr dann noch zum Abschluss des Tages in der Dusche besorgte.
Die beiden hatten ein sehr lockeres Verhältnis. Es gab keine Verpflichtungen, nur Sex wenn beide gerade Lust hatten und die restliche Zeit waren sie Freunde und Mitbewohner.
Doch auch der gute Sex mit Robert verdrängte die ganzen Gedanken in ihrem Kopf nur für kurze Zeit. Die Lust zu operieren war so unglaublich groß und wuchs mit jedem Tag an. Auch die Situation als sie Dr. Watson nackt sah, ließ ihr keine Ruhe und nun kam noch die Sache mit ihrer Mutter hinzu. In ihren Gedanken ging es drunter und drüber.
Sie lag in Roberts Armen, er schlief schon und während sie seinen Körper fühlte und ihre Hand in seinen Shorts hatte, dachte sie über die Lösungen ihrer Problemen nach.

Der nächste Tag lief sehr ruhig ab. Komischerweise war nicht viel los und sie brachten die Zeit mit lernen und Visiten zu. Am Nachmittag kam Dr. Watson plötzlich zu den drei Freundinnen und fragte sie ob sie heute Abend auf einen Drink gehen wollten. Anfangs waren sie überrascht, dass er sie das gerade wirklich gefragt hat, aber natürlich waren sie dabei.

Es war Dienstschluss und die drei Assistenzärtzinnen machten sich zurecht um sich mich ihrem Oberarzt vor dem Krankenhaus zu treffen und dann in eine

nahegelegene Bar zu gehen.
Aufgebrezelt und geschminkt gingen die drei jungen Damen zum vereinbarten Treffpunkt, wo der Oberarzt schon wartete. Sie hatten ihn noch nie in seiner Freizeitkleidung gesehen und jetzt als es so weit war, waren sie fast etwas verwundert.
Die Tattoos waren ja für einen Arzt schon sehr außergewöhnlich aber seine Klamotten würden auf den ersten Blick auch bestimmt nicht auf einen Dr. der Medizin schließen lassen.
Er trug eine eher eng geschnittene dunkelgraue Jeans, dazu ein etwas heller graues Shirt und eine Lederjacke in used Optik. Auch die schwarz weißen Sneakers passten zur extravaganten Messenger Bag. Unter dem Ärmel der Jacke schaute seine Vintage Rolex heraus.
Die überraschten Blicke merkte er natürlich und erklärte seinen jungen Kolleginnen auf dem Weg zur Bar etwas darüber.
„Menschen beurteilen einander viel zu sehr nach dem Äußeren. Immerhin hat jeder seinen eigenen Geschmack und das sagt doch wohl absolut nichts über die Qualifikation oder die Intelligenz einer Person aus. Und ganz ehrlich, ich denke jemand, der sich nicht wohl fühlt wenn er in den Spiegel sieht, wird nicht glücklich sein. Deswegen trage ich was mir gefällt und wenn jemand ein Problem damit hat, dann ist das seine Sache."
Die Damen waren absolut seiner Meinung und kamen schließlich bei der Bar an, wo sie sich erstmal setzten und eine Runde Mojitos bestellten.
Sie amüsierten sich gut und unterhielten sich über alles, außer die Arbeit. Dann kam auch schon das Thema auf das Emily schon den ganzen Abend gewartet hat. Die drei Freundinnen waren alle single, doch wie stand es um Dr. Watson?
Er entgegnete dieser Frage mit einem Lächeln und

erklärte, dass er single sei, doch mehr gab er nicht Preis. Es war sehr angenehm mit ihm zu reden, denn er machte keinen Unterschied zwischen sich und seinen Untergebenen in der Freizeit. In der Klinik war er ihr Vorgesetzter aber Privat konnte man mit ihm über alles reden und das noch dazu sehr angenehm und auf Augenhöhe.

Emily fühlte eine intensive Anziehung zu ihrem Oberarzt, er turnte sie an und sie musste sich zusammenreißen, sich das nicht anmerken zu lassen, schließlich könnte sich das auf ihren Job auswirken. Sie biss also die Zähne zusammen und genoss den Abend.

Langsam wurde es spät und Dr. Watson entschloss sich aufzubrechen, die Mädels blieben aber noch etwas und sobald er zur Tür raus war, sagte Emily aus heiterem Himmel „Ist der nicht geil..".

Christina und Cameron waren auch schon leicht angetrunken und sagten „Ja das ist er aber er ist dein Vorgesetzter", Emily sagte, dass ihr das klar sei, aber innerlich strebte sie nach ganz anderen Dingen.

Noch einige Zeit unterhielten sie sich und es ließ ihnen kaum Ruhe nicht genug über ihn zu wissen.

Christina äußerte den Verdacht ob er vielleicht schwul sein könnte, aber wirklich Ahnung hatte natürlich keiner.

In dieser Nacht hatte Emily einen merkwürdigen Traum. Sie operierte am offenen Herzen und das ganz alleine. Kein Oberarzt über ihr, sie hatte das Sagen. Christina und Cameron assistierten ihr und die Operation war erfolgreich.

Nach dem Eingriff ging sie in Raum wo sie ihren Schrank hatte um sich zu duschen und da war er wieder. Dr. Watson kam aus der Dusche, es war genau wie die Szene die sie schon einmal in real gesehen hatte. Als er das Handtuch vom Kopf nahm, nachdem er sich die

Haare getrocknet hatte, erblickte er sie und anstatt sich das Handtuch in diesem Moment umzubinden, ließ er es fallen, sah Emily tief in die Augen und sagte „Glückwunsch zur gelungenen Operation", kam auf sie zu und küsste sie. Im ersten Moment war sie überrascht, doch diese Gelegenheit würde sie sich nicht entgehen lassen. Sie zog ihre Klamotten aus und begann ihn während sie sich küssten am ganzen Körper zu streicheln und das bewirkte schnell einen Effekt. Schließlich nahm er sie an der Hand und zog sie in die Dusche wo sie sich leidenschaftlich und in allen erdenklichen Positionen vergnügten, während das warme Wasser aus dem Duschkopf über sie plätscherte.
Der Dampf ließ die Spiegel im Raum beschlagen und das sanfte Schnaufen der beiden erfüllte dezent den Raum. Als sie kurz davor waren den Höhepunkt zu erreichen, wurde Emily von ihrem Wecker aus dem Traum gerissen. Es war sechs Uhr und ihre Schicht begann.
Sie duschte, zog sich an und machte sich auf den Weg in die Klinik. Während der Fahrt, musste sie laufend an ihren Traum denken und aus dem nahm sie sich zwei Ziele. Als erstes musste sie an solo Operationen kommen und zweitens wollte sie unbedingt mit Dr. Watson schlafen, doch ihr war klar, dass ihre Chancen auf beides zumindest momentan nicht sehr groß waren.

Im Krankenhaus unterhielt sie sich noch mit ihren Freundinnen während sie sich umzogen und blätterte nebenbei in einer Zeitschrift, in der eines der Themen „Roofies stark im Trend" hieß.
Es war ein Artikel darüber, dass Rohypnol in der Drogenszene immer mehr an Bedeutung gewinnt und auch als Vergewaltigungsdroge Verwendung findet. Doch sie dachte nicht weiter darüber nach und trat ihren Dienst an.

Heute hatte sie die Notaufnahme.
Alle möglichen Unfälle, Schmerzen und andere Auffälligkeiten waren heute ihre Aufgabe.
Es ging hier immer hektisch zu, denn es gab einige Menschen, die wegen einer Migräne oder einer kleinen Schnittwunde das Krankenhaus aufsuchten und somit verhinderten, dass sie sich nur auf die wirklich kritischen Fälle konzentrieren konnte.
Während sie einem Jungen die Schnittwunde am Arm nähte, die er sich bei einem Sturz auf eine Glasplatte zugezogen hatte, kam ein Patient mit starken Brustschmerzen herein. Sofort ordnete sie ein CT und ein EKG an um der Sache auf den Grund zu gehen und alles perfekt zu organisieren.
So konnte sie den Jungen fertig behandeln und einer Dame den Knochenbruch am Finger eingipsen und hätte anschließend die Ergebnisse der Untersuchungen.

Plötzlich kommt eine Schwester zu Emily gelaufen und bittet sie um sofortige Hilfe.
Der Patient mit dem gerade ein EKG gemacht wurde hatte einen Herzstillstand und die Wiederbelebung scheiterte bisher. „Was ist passiert?" schrie Emily. Die Schwester antwortete „Erst hatte er Probleme Luft zu bekommen, auf dem EKG war ein höherer Druck in den Venen als in den Arterien feststellbar und dann hatte er einen Herz-Kreislauf-Stillstand!"
Emily musste nicht lange nachdenken um zu wissen, dass es sich um eine Perikardtamponade handelte und reagierte schnell. „Ich brauche ein Skalpell! …. Saugen!" wies sie an und fuhr mit der Hand in den geöffneten Brustkorb. Schnell hatte sie eine Klumpen verhärtetes Blut in der Hand und massierte den Herzmuskel um den Patienten wiederzubeleben. Während sie das tat, sollte eine Schwester sofort einen Herzspezialisten anfordern,

denn der Patient musste schnellst möglich in einen OP.
Und die Wiederbelebung glückte, eine Schwester musste die Hand auf das Herz pressen, bis der Patient im Operationssaal lag.
Sofort traf Dr. Maddow ein der Leiter der Herzchirurgie und ließ sich von Emily aufklären.
Mit der Sternotomie die sie sofort durchgeführt hatte, konnte sie den Patienten retten und das war ein unbeschreibliches Gefühl für sie. Spätestens jetzt war ihr Ego größer als der Mount Everest.
Nach einer Kurzen Pause und einem Kleidungswechsel weil ihr Kittel voller Blut war ging es dann auch schon weiter in der Notaufnahme

Es kam ein Mann mit starker Migräne herein und da gerade keine Schwester zu sehen war, die Emily beauftragen konnte das passende Medikament zu holen, musste sie das selbst tun.
Am anderen Ende des Flurs war das Medikamentenlager oder auch liebevoll die Hausapotheke genannt. Eine Pharmazeutin die über die Vorräte wachte fragte sie, was sie braucht. Sie erbat das Migränemittel und da sah sie auf einer Anrichte hinter dem Tresen eine Schachtel Rohypnol liegen. Was sie dazu bewegte auch eine Packung davon anzufordern.
Sie hatte alles was sie wollte und verließ das Lager wieder. Während sie dem Patienten das Medikament gegen die Migräne verabreichte, überlegte sie nebenbei, was sie jetzt mit dem Rohypnol nur machen sollte und da kam ihr die Idee.
Nein sie wollte es nicht für hohe Preise in einer Disco verkaufen, sie wollte damit ihren Oberarzt gefügig machen. Sie dachte viel darüber nach und auch die Tatsache, dass das eine Straftat war, schreckte sie nicht sonderlich davon ab.

Der Feierabend rückte immer näher und auf den Dienstplänen sah sie, dass Dr. Watson am folgenden Tag keine Schicht hatte und da erkannte sie ihre Chance.
Sofort fragte sie Christina und Cameron, die einverstanden waren nach der Arbeit noch einen Drink zu nehmen und auch Dr. Watson war der Sache offenbar nicht abgeneigt.
Die Weichen für ihren Plan waren also gestellt.
Um 21 Uhr trafen sie sich alle wie schon einmal vor dem Krankenhaus und gingen zusammen zur Bar. Emily hatte extra Make-Up aufgelegt um ihr sowieso schönes Gesicht in Szene zu setzen und war bereit, außerdem hatte sie ihre Kolleginnen vorher gebeten vielleicht etwas früher zu gehen um so ein etwas intimeres Gespräch anzufangen um möglicherweise mehr von ihm zu erfahren, was sie ihnen dann am nächsten Tag erzählen könnte und die beiden waren einverstanden. Von ihrem eigentlichen Plan verriet sie natürlich nichts.

In der Bar angekommen, spendierte sie als erstes eine Runde Mojitos und sie führten small talk.
Später spielten sie sogar eine Runde Billard weil alle nach den folgenden Getränken schon sehr amüsiert waren und Spaß haben wollten.
Doch dann war es so weit, Christina und Cameron beschlossen zu gehen. Emily sagte sie hätte noch Lust auf einen Drink und da meinte Marc, wie es sich in seiner Freizeit nun nennen ließ, dass er auch noch einen trinken würde. Das war ihre Gelegenheit, während er zum Tisch zurückging, holte sie weitere zwei Mojitos.
Als der Barkeeper sie ihr hinstellte, sah sie sich gründlich um, es sollte schließlich keiner etwas von ihrer Tat mitbekommen. Im richtigen Augenblick öffnete sie ihre Halskette, in die sie bereits vorhin die zerkleinerten

Tabletten füllte und ließ das Pulver unauffällig in sein Glas fallen. Heimlich rührte sie beide Cocktails um und ging zum Tisch. Sie hat es wirklich getan. Es schien ihr nicht klar zu sein wie weit sie sich aus dem Fenster lehnte und noch dazu einen Menschen in Gefahr brachte.

„Auf uns!" sagte sie und trank mit Marc, der nicht ahnte, dass sie ihn betäuben wollte.
Da solche Medikamente bei jedem Menschen etwas anders wirken, konnte sie nur hoffen, dass es bei ihm zu ihren Gunsten anschlug und bereits nach ungefähr 15 Minuten, begann die Wirkung der Psychopharmaka langsam. Er wurde etwas offener und zugleich sehr relaxed, möglicherweise sogar etwas high.
Sie ergriff die Initiative und bot ihm an ihn nach Hause zu bringen und in seinem Zustand stimmte er zu.
„So viel habe ich doch garnicht getrunken", sagte er doch sie antwortete „Möglicherweise war dieser eine zu viel" und da er sowieso nicht wusste was er sagte meinte er, sie hat wohl recht.
Sie stützte ihn und da er nicht weit entfernt von der Bar wohnte, gingen sie zu Fuß.
Es war für sie schwerer als gedacht, schließlich musste sie ihn dauernd stützen, da sie ihn praktisch betäubt hat, doch das war es ihr wert.
Vor seiner Wohnung angekommen, brachte sie ihn mit dem Aufzug ins Oberste Geschoss, wo er ein Penthouse bewohnte. Sie schloss die Türe auf und brachte ihn hinein. Man kam direkt in ein sehr geräumiges Wohnzimmer mit hohen Decken, das in Cremefarben gehalten war. Auf der einen Seite ermöglichten einige große Fenster und ein riesiger Balkon sehr guten Blick über die Dächer der Gegend und auf der anderen Seite schloss ein Esszimmer mit Küche an. Ein Flur führte zum Schlafzimmer und zum Badezimmer, welche ebenfalls

sehr geräumig und geschmackvoll eingerichtet waren. Sie brachte ihn ins Bett und zog ihn fast ganz aus, nur die Unterhose ließ sie ihm an.
Dann ging sie in die Küche und holte ihm ein Glas Wasser, in das sie eine Viagra Tablette auflöste, die sie ebenfalls in der Klinik geklaut hatte. „Hier trink etwas" sagte sie und er trank angestrengt aus dem Glas.
Kurz darauf schlief er ein. Um abzuwarten bis auch die zweite Tablette wirkte, sah sie sich in der Wohnung etwas um und erblickte bei genauerer Betrachtung, dass ein beachtlicher Teil der Einrichtung von Fendi war. Verdient man als Oberarzt wirklich so viel, fragte sie sich, doch möglicherweise hatte er ja ein vermögen geerbt oder irgendetwas in der Richtung.
Eine halbe Stunde später zog sie sich aus und ging ins Schlafzimmer wo er friedlich schlief.

Sie zog die Decke von ihm und sah ihn an. Diesen Körper liebte sie. Er hatte wirklich schöne Haut und die Tattoos schmückten diese und ließen ihn etwas rauer wirken. Die kurzen Haare auf seiner Brust, die ebenfalls am Bauch angesiedelt waren, machten den eher schlanken Mann doch irgendwie sehr männlich.
Sie begann seine Brust zu küssen. Langsam bewegte sie ihre Lippen über seinen Oberkörper und spielte mit der Zunge an seinen Brustwarzen, zärtlich wanderte sie über den Bauch, wo sie jeden Zentimeter liebevoll mit ihrem Mund verwöhnte. Und da erblickte sie, dass die Viagra ihre Wirkung bereits entfaltet hat. Vorsichtig berührte sie den harten Schwanz ihres Oberarztes durch die Unterhose, deren Bund einen dicken Calvin Klein Schriftzug trug.
Schließlich zog sie ihm auch dieses letzte Kleidungsstück aus und begann an Marcs Ständer zu lutschen. Ganz egal ob er es mitbekommen würde oder nicht, es ging ihr

darum, es trotzdem für beide schön zu machen.
Sie bewegte ihren Mund wieder nach oben zu seiner Brust, wo sie wieder an seinen Brustwarzen leckte.
Plötzlich hörte sie damit auf, nahm das Kondom und rollte es über seinen Schwanz.
Langsam führte sie ihn in ihre feuchte Scheide und setzte sich auf ihn.
In erst sanften stoßenden Bewegungen ritt sie auf ihm und stöhnte leise aber doch so, dass man merkte, wie intensiv sie ihn in sich spürte. Es gefiel ihr und während sie ihr Becken auf und ab bewegte, küsste sie ihn am Hals. Das Gefühl, welches sie beim Sex mit ihm empfand war noch viel besser als in ihrem Traum, und das obwohl er praktisch nicht mal mitmachte.
Es dauerte nicht lange und Emily kam zum Orgasmus, doch sie ritt noch weiter, schließlich hatte sie das erreicht, was sie schon lange herbeiwünschte. Nach einer geschätzten halben Stunde hörte sie auf und stieg ab.
Sie rollte das Kondom ab und sah, dass offensichtlich auch er gekommen war, was sie sehr freute.
Sanft machte sie ihn sauber, zog ihm die Unterhose und das T-Shirt wieder an, deckte ihn zu und machte das Licht aus als sie das Zimmer verließ.
In Ruhe zog sie sich wieder an, nahm ihre Tasche und verließ die Wohnung um sich auf den Heimweg zu machen.
Als sie so durch die Straßen lief, konnte man ihr ansehen, dass sie Glücklich war und das erreicht hatte was sie wollte.
Zu Hause angekommen fiel sie zufrieden ins Bett und schlief ein. Doch Emily hatte ein Problem, was ihr aber nicht auffiel. Abgesehen von einer Sexsucht wurde sie nun auch noch kriminell und das in nicht unerheblichem Ausmaß.

Als Emilys Wecker um sechs Uhr wieder abging, beschloss sie Dr. Watson oder wie sie ihn jetz gespeichert hatte „Marc" anzurufen um zu fragen ob es ihm gut geht.
Etwas verschlafen nahm er den Anruf an und Emily sagte „Guten Morgen, ich wollte nur fragen ob es Ihnen gut geht. Ich habe Sie gestern nach Hause gebracht weil sie ziemlich betrunken waren."
Er reagierte darauf mit „Oh ja sieht ganz so aus. Zum Glück habe ich heute keinen Dienst. Danke jedenfalls, dass sie mich heimgebracht haben. Ich werde mich ausschlafen, lassen Sie uns morgen reden." und so beendeten sie das Gespräch wieder.
Es sah gut für Emily aus, offensichtlich hat er nicht gemerkt was passiert war.

Nach wie vor zufrieden machte sie sich auf den Weg in die Arbeit wo ihre Freundinnen Christina und Cameron schon warteten, was sie zu erzählen hatte.
Doch als sie fragten, meinte sie nur, dass er nicht mehr von sich Preis gegeben hatte als sonst und sie auch bald gegangen sind.
Schließlich wollte sie auch diskret sein und nicht allen erzählen, dass sie ihren betrunkenen Chef nach Hause gebracht hatte, was die offizielle Geschichte war. „Doch so viel kann ich sagen, er hat eine echt schöne Wohnung. Und nein wir hatten keinen Sex, ich habe ihn nur nach Hause begleitet", sagte sie und ihre Freundinnen lächelten.
Sie verabredeten sich gleich um nach Dienst wieder etwas trinken zu gehen und mal einen Mädels Abend zu machen.
Der Tag verging schnell, denn die Notaufnahme war wieder mal überfüllt mit kleinen Verletzungen die alle schnell behandelt waren.

Am Nachmittag kam Dr. Forrester auf Emily zu und hatte einen strengen Blick drauf.
Er fragte sie, warum sie Rohypnol aus der Hausapotheke geholt habe. Emily wurde nervös und ihr Puls ging rasant in die Höhe. Sie antwortete ihm, „Ich hatte gestern einen Patienten der wirklich sehr aufgebracht war und ich musste ihn beruhigen."
Dr. Forrester erwiderte „Und dazu nehmen sie Rohypnol?" Mit einigen Symptomen und Erregungszuständen versuchte sie sich rauszureden bis er schließlich meinte „Na gut ich werde dieses eine Mal darüber hinwegsehen, aber nehmen sie in Zukunft Mittel erster Wahl und nicht so etwas!".
Sie nahm die Anweisung an und entschuldigte sich.
Das war knapp, fast wäre aufgeflogen, dass sie Medikamente für den Eigenbedarf aus dem Krankenhaus bezog und das hätte sie möglicherweise ihren Job kosten können.

Am Abend gingen die drei jungen Ärztinnen wieder in ihre Stammbar, wo sie sich heute mal einen Cosmopolitan bestellten um nicht immer das Selbe zu trinken.
Als Emily an die Bar ging um noch eine Runde zu bestellen, kam ein junger Mann zu ihr.
Er war etwa 1,75 Meter groß und somit fast auf Augenhöhe mit Emily. Er hatte struppige Haare und war sehr schlank. Leise sagte er zu ihr „Du warst gestern Abend auch hier richtig?" Sie sah ihn an und meinte „Kennen wir uns?" und er antwortete „Nein aber ich habe gesehen was du getan hast."
Als sie erwähnte, dass sie keine Ahnung habe was er meinte, erklärte er ihr, dass er gesehen hat, wie sie dem Typen mit dem sie hier war etwas in den Drink gegeben hat.
Schnell wurde ihr leicht schlecht. Sie fragte ihn, was er

wolle und er bekam einen sehr Aussagekräftigen und düsteren Gesichtsausdruck. „Bei einer Frau wie dir hatte ich noch nie Chancen. Wenn du einen Abend mit mir Verbringst, verspreche ich, dass nie jemand davon erfahren wird." erklärte er ihr.
Als sie ihn dann fragte ob er sie denn erpressen will, meinte er nur, dass er etwas hat was sie will und es wäre eher ein Deal als Erpressung.
Sie überlegte einige Sekunden und sagte dann „Okay morgen Abend bei dir. Gib mir deine Adresse und erzähle keine etwas davon. Weder was du gesehen hast, noch dass wir uns treffen. Hast du verstanden?" Er stimmte zu und gab ihr ein Stück Papier mit seiner Anschrift.

Als sie zum Tisch zurückkehrte fragten ihre Freundinnen, die Emilys Unterhaltung mitbekommen haben, neugierig wer das denn sei. Sie meinte, sie kenne ihn nicht und nahm den beiden schnell den Wind aus den Segeln. Während des restlichen Abends war sie irgendwie abwesend, schließlich wurde sie ertappt und musste einen Weg finden, das ganze verschwinden zu lassen, außerdem glaubte sie nicht daran, dass ihr Verehrer sie nach einem Date wirklich gehen lassen würde.
Was sollte sie also tun. Nach langen Überlegungen, beschloss sie das Date wahrzunehmen und einfach daran zu glauben, dass er sie dann in Ruhe lassen würde.

Am nächsten Tag war Dr. Watson wieder da.
Er kam auf sie zu um zu erfahren was vor zwei Tagen in der Bar passierte.
Sie erzählte ihm, dass er nach dem letzten Cocktail auf einmal ziemlich betrunken war und sie sich nicht erklären konnte warum das plötzlich so war, jedoch habe sie ihn dann nach Hause gebracht und ihn ins Bett gelegt. „Ich hoffe ich bin nicht zu weit gegangen damit, dass ich ihnen

die Jacke und die Jeans ausgezogen habe aber ich wollte sie auch nicht mit Straßenkleidung ins Bett legen. Jedenfalls habe ich dann das Licht ausgeschalten, die Türe zugezogen uns bin gegangen." erklärte sie.
„Nein das ist schon okay ich danke ihnen, dass sie mich heim gebracht haben, aber ich kann mir nicht erklären, warum ich den Alkohol auf einmal so stark hätte spüren sollen. Naja es ist wie es ist und daran kann man jetzt auch nichts mehr ändern, ich werde einfach versuchen mich zu erinnern."
So meinte sie aus dem Schneider zu sein und schlug den restlichen Tag tot.

Am Abend nach der Arbeit machte sie sich dann auch schon auf den Weg zu ihrem erpressten Date mit Oliver und fand sich in einer unbelebten und etwas schummrigen Straße wieder.
Es war ein eher altes Gebäude das dringend sanierungsbedürftig war aber auf das kam es ihr auch nicht mehr an.
Sie ging über die Treppe in den zweiten Stock und läutete an seiner Türe.
Schnell öffnete er und man sah ihm an, dass er aufgeregt war und sich freute wie ein kleines Kind zu Weihnachten. Er bat sie herein und sie sah, dass er in seiner 1-Zimmer-Wohnung schon Essen und eine Flasche Wein vorbereitet hatte. Kerzenlicht erfüllte den Raum und romantische Musik kam aus dem Radio.
Ab diesem Moment dachte sie wirklich, dass er wohl doch ein netter Kerl sein könnte und sein Versprechen einhalten würde.
Während dem Essen unterhielten sie sich über alles mögliche und man hatte den Eindruck, dass sich die beiden wirklich blendend verstehen würden. Er begehrte sie wohl wirklich und für ihn ging ein Traum in Erfüllung,

dass eine dermaßen attraktive Frau mit ihm den Abend verbringt.
Für sie jedoch ging es nur darum, ihr Geheimnis zu bewahren und das mit allen Mitteln.
So kam es dazu, dass sie nach zwei Gläsern Wein schließlich im Bett landeten, was zugleich auch das Sofa war.
Obwohl er bestimmt 25 war, hatte er einen sehr zarten und jugendlichen Körper, auch wenn er reichlich Haare auf der Brust, dem Bauch und den Armen hatte. Durch den Alkohol fiel es ihr leichter ihn zu küssen und sich ihm hinzugeben und diese Gelegenheit nutzte er voll aus. Während sie am Rücken lag, machte er sich ans Werk und fickte Emily, während er ihre Brüste knetete und sie am Hals küsste. Auch wenn nicht Weihnachten war, schien das das beste Geschenk zu sein, dass er je bekommen hatte.
Nach ungefähr 20 Minuten war er fertig und das bedauerte sie nicht. Auch wenn er sich für so einen kleinen unerfahrenen „Jungen" gut anstellte, wollte sie nichts von ihm.
Sie stand auf und ging zur Küche um sich ein Glas Wasser zu holen, er folgte ihr.
Nun sprach sie es an „sind wir jetzt quit?". Er sah sie an und sagte „Also ich finde wir könnten das öfters machen". Schockiert sah sie ihn an und fragte ihn ob das ein Scherz sei, er dagegen schien es ganz ernst zu meinen „Immerhin hast du eine Straftat begangen und ich habe meine Pflicht als Bürger verletzt und es keinem gesagt, da kann ich doch schon etwas mehr erwarten, findest du nicht?".
Die Stimmlage in der er diesen Satz aussprach deutete darauf hin, dass er das wirklich ernst meinte und als sie sagte, dass er das mal schnell vergessen soll, packte er sie und drückte sie an die Küche, dann flüsterte er ihr ins

Ohr „Du wirst tun was ich möchte, sonst werde ich dich
auffliegen lassen".
Aus dem Netten unschuldigen Jungen wurde schlagartig
ein berechnender Typ, womit sie absolut nicht gerechnet
hat.

Das war zu viel. Einmal hatte sie sich überreden lassen,
aber nun ging er zu weit. Sie wurde hasserfüllt und
wütend wie noch nie zuvor und schien fast zu
explodieren. Und da sah sie das Messer in der Spüle
liegen. Blitzartig griff sie danach und rammte es ihm ins
Herz.
Sie zuckte zusammen und konnte erst nicht realisieren
was sie getan hat, während er vor ihr in die Knie ging und
schnell am Boden liegend starb. Mit seinen letzten
Atemzügen sagte er „was hast du getan? Ich wollte doch
nur Zeit mir dir verbringen".

Emily stand da, sah zu ihm hinunter und hatte keine
Ahnung was sie jetzt tun sollte. Wäre es gut die Polizei zu
rufen? Dann würde sie vermutlich ins Gefängnis gehen.
Und wenn sie sagen würde es war Notwehr? Es wäre
wohl schwierig sich jetzt selbst Wunden zuzufügen die
aussahen als wäre er es gewesen.
Sie beschloss den einfachsten Weg. So zu tun als wäre
nichts gewesen. Das Fenster neben ihr stand offen. Sie
wollte die Gelegenheit ergreifen und ihn mit dem Messer,
von dem sie gleich ihre Fingerabdrücke wischen würde
und seine darauf platzierte, aus dem Fenster zu werfen.
Es könnte wie ein Unfall aussehen, als wäre er
möglicherweise mit dem Messer aus dem Fenster
gefallen und eines hätte zum Anderen geführt. Schnell
wurde ihr klar, dass das absoluter Blödsinn wäre, aber die
einfachste Methode.
Als sie ihn zum Fenster schleifte, kam ihr aber eine noch

viel bessere Idee.
Sie wollte doch Solo-OPs haben und hier vor ihr auf dem Boden lag die Gelegenheit dazu.
Der Esstisch wurde spontan zum Operationstisch umgerüstet und sie schleppte die Leiche auf das Holzmöbel.
In der Küche holte sie sich ein kleineres Messer und aus dem Badezimmer nahm sie Toilettenpapier um es als Bauchtücher zu verwenden.
Als erstes öffnete sie den Brustkorb. Langsam machte sie einen geraden schnitt um zum Brustbein vorzudringen. Da der junge Mann noch nicht lange tot war, floss noch einiges an Blut, das von dem ganzen Klopapier aufgesaugt wurde. Sie zog das Messer mit dem sie ihn getötet hatte heraus um zu sehen welche Gefäße sie damit verletzt hatte, doch als erstes musste die die Knochen entfernen.
Und dafür fand sie ein Brotmesser, das sicher nicht die ideale Lösung war, aber eine mögliche und sie sägte drauf los. Das Blut spritzte und sie zerlegte den Brustkorb ihres Opfers, den sie wohl auch zu einem gewissen Teil als Patienten sah.
Als sie genug Platz geschaffen hatte, konnte sie die Todesursache feststellen und sprach mit sich selbst. „Der Patient ist einer Durchtrennung der Koronargefäße erlegen."
Als nächstes sah sie sich die Lunge genau an. In diesem Moment war das für sie nicht ihr Opfer, sondern eine Möglichkeit genaueres über ihr Fachgebiet zu lernen.
Ein Organ nach dem anderen nahm sie genauestens in Augenschein, schließlich hat man diese Möglichkeit bei einer Operation am lebenden Menschen nicht oft, weil es da meist schnell gehen muss.
Und dann machte sie Die Entdeckung. An der Bauchspeicheldrüse war deutlich ein Knoten sichtbar und

sofort schloss sie darauf, dass der Patient Krebs hatte. Wie im Lehrbuch vorgegeben, entfernte sie den Tumor, bedacht, so wenig gesundes Gewebe wie möglich zu verletzten, auch wenn das zu diesem Zeitpunkt keine Rolle mehr spielte.
Die Arme und Beine ließ sie in Ruhe, schließlich war die Orthopädie nie ihre Wunschrichtung, doch da war ja noch der Schädel. Sie nahm ihr Küchenmesser und trennte die Haut vom Schädelknochen ab, doch wie sollte sie jetzt den Knochen öffnen, mit dem Brotmesser würde sie zu leicht abrutschen. Sie überlegte doch ihr fiel nichts ein, also nahm sie einen Eislaufschuh, der zufällig in der Ecke lag und schlug damit so oft und so fest wie möglich auf den Schädel ein, bis dieser aufbrach. Die restlichen Teile konnte sie nun mit dem Einsatz von viel Kraft aufbrechen. Doch der Anblick dieses Organs haute sie nicht aus den Socken, so war schnell klar, dass auch die Neurochirurgie nichts für sie sein würde.

Jetzt musste sie aber erstmal die Sauerei verschwinden lassen, also suchte sie systematisch nach einem großen Müllbeutel und sie wurde fündig. Wenn dieser Typ auch ein kleiner Chaot war, er hatte alles zu Hause. Sorgfältig stülpte sie den Plastiksack über die Leiche und verstaute zusätzlich die entfernten Körperteile und die improvisierten Tücher darin. Anschließend putzte sie das ganze Blut weg und versuchte so viele Fingerabdrücke von sich zu vernichten wie es ging.
Sie stellte den Abend nach und bewegte sich im Raum so, wie sie es zuvor getan hatte. An jeder Stelle, wo sie etwas berühren hätte können, wischte sie mit einem Wischtuch und Glasreiniger gründlich ab.
Zu guter letzt verpackte sie auch die Putzutensilien in einem Müllsack und verschloss ihn mit einem festen Knoten. Nur die Handschuhe ließ sie noch an. Da die

Mülltüte mit der Leiche einfach viel zu schwer war um sie durch das Haus zu tragen, beschloss sie sie unters Sofa zu schieben und die Decke so auf der Couch zu platzieren, dass man nicht sah was da lag.
Sie nahm ihre Sachen, schloss die Wohnung ab und entsorgte die Putzhandschuhe zusammen mit dem Schlüssel und den Putzutensilien in der hauseigenen Abfalltonne.
Seelenruhig ging sie nach Hause und dachte über die ganzen neuen Erkenntnisse in dem eben verstümmelten Körper nach. Der begangene Mord schien sie überhaupt nicht zu berühren.

An den nächsten Tagen blätterte sie immer wieder Zeitungen durch um zu sehen ob die Leiche ihres Erpressers gefunden wurde, mehr Gedanken machte sie sich aber nicht über ihre Handlung.
Es passierte aber offensichtlich nichts, denn eine Meldung darüber war nie zu lesen.
Emily lebte den Alltag wie bisher und es passierten wieder nicht viele auffällige Dinge.

Seit längerem unterhielt sie sich wieder mal mit ihrem Vater in der Mittagspause, der auch sehr beschäftigt war und deswegen selten Zeit dafür hatte. Neben den allgemeinen Themen fragte er Emily was denn mit Dr. Watson sei. Sie wusste nicht worauf er hinauswollte und fragte genauer nach. Er erzählte seiner Tochter, dass Ihr Oberarzt sich vor ein paar Tagen Blut abnehmen ließ und es zur toxikologischen Untersuchung gab. Emily reagierte unwissend, aber ihr war ganz klar, was das zu bedeuten hatte. Schnell beendete sie die Pause und suchte Dr. Watson auf. Als sie ihn endlich gefunden hatte, fragte sie ihn ob es ihm denn gut geht und erklärte, dass ihr Vater erzählte, dass er sein Blut auf Drogen untersuchen lassen

hat.
„Oh ja ich wollte sie schon fragen ob sie wissen, wie mir Flunitrazepam verabreicht wurde, ohne dass ich es mitbekommen habe."
Emily blickte geschockt und fragte ihn, ob er sich sicher ist, schließlich könnte sie sich das nicht erklären.
„Da hat mir wohl irgendjemand aus Spaß etwas ins Glas gekippt. Aber jetzt kann man es nicht mehr ändern" sagte er und bedankte sich nochmals, dass sie sich um ihn gekümmert hat.
Dachte er wirklich, dass es jemand anderes war oder vermutete er insgeheim, dass Emily ihm die Substanz in den Drink getan hat?

Sie hatte ein mulmiges Gefühl, aber wer sollte schon beweisen können, dass sie es war, der einzige Zeuge ist immerhin schon tot.

Der Tag neigte sich dem Ende zu und da Emily heute zur Abwechslung etwas früher Schluss hatte, beschloss sie ihre Mutter zu besuchen.
Bereits bei der Begrüßung konnte sie den Geruch von Wodka wahrnehmen, was ihr Sorgen bereitete und sobald sie sich die Schuhe ausgezogen hatte, sprach sie ihre Mutter darauf an. Die wieder alles abstritt, wie Süchtige das so machen. Und Emily beschloss es aufzugeben, sich darüber sorgen zu machen, ihre Mutter muss wissen was sie tut und sie wollte sich nun mal nicht helfen lassen.
„Und was macht die Arbeit?" fragte sie. Julia stieß ein genervtes Schnaufen aus und erzählte, dass man sie rausgeworfen hat. Emily fragte nach wieso und Julia antwortete „Das fragst du jetzt nicht wirklich oder? Du riechst den Alkohol ja schon wenn du die Türe öffnest".
Und auf die Frage was sie jetzt machen möchte, wusste

sie keine Antwort.

Doch dann fiel Julia etwas ein „Ich wollte dich sowieso anrufen, seit kurzem habe ich öfters so einen Schmerz rechts im Bauch, könntest du mal nachsehen ob es der Blinddarm ist?"
Emily bat ihre Mutter sich aufs Sofa zu legen und tastete ihr Abdomen ab. Und ja es schien der Blinddarm zu sein, denn er war leicht angeschwollen. „Den solltest du entfernen lassen, nicht dass er rupturiert!" sagte Emily und holte sich eine Tasse Kaffee.
Ihre Mutter erklärte, wie sehr sie Operationen hassen würde und Angst davor habe.
„Kannst du das nicht machen?" fragte sie und Emily meinte „Machen kann ich das schon aber ich brauche ja trotzdem einen Operationssaal und die Ausrüstung.
„Dann möchte ich es nicht!" entgegnete Julia. Woher kommt diese plötzliche Abneigung gegen Operationsräume? Emily fragte sie ob sie denn nicht mehr alle Tassen im Schrank hätte und die beiden begannen sich anzuschreien, so weit, dass Julia irgendwann nach einer Vase griff und sie an die Wand schleuderte.
Das machte Emily wütend und so griff sie sich das Bügeleisen und zog es ihrer Mutter über den Kopf, diese ging bewusstlos zu Boden aber Emily schrie weiter „Du dumme Schlampe, der Blinddarm muss raus, das kann man sich nunmal nicht aussuchen."

Und dann dachte sie auf einmal anders. Schon oft hatte sie eine solche Operation gesehen und auch schon selbst durchgeführt, also suchte sie die Dinge zusammen die sie benötigte. Ein scharfes Küchenmesser, Alkohol zur Desinfektion, und ein Nähset. Zusätzlich nahm sie eine Wäscheklammer um Gefäße abzuklemmen und

Putzhandschuhe. Sie sterilisierte die Instrumente und den Bauch ihrer Mutter und sagte aggressiv „So du blöde alkoholsüchtige Hure, da hast du deine Operation zu Hause!" und begann mit dem Schnitt. Etwas Blut lief den Bauch hinunter, das sie mit Küchentüchern aufwischte. Langsam arbeitete sie sich zum betroffenen Organ vor und klemmte die Blutgefäße ab, während sie es vorsichtig heraustrennte. Dann vernähte sie alles und machte ihre Mutter wieder zu.

Das entfernte Organ legte sie in ein Glas mit Spiritus und stellte ihrer Mutter das Glas auf den Nachttisch. Anschließend weckte sie Julia und fragte wie sie sich fühlte.

Sie war noch leicht verwirrt und klagte über Schmerzen. Emily sagte „So jetzt ist dein Blinddarm raus, ich hoffe es verheilt alles gut".

Die Mutter dachte erst das war ein Scherz, doch als sie die Wunde sah, bemerkte sie, dass ihre Tochter die Wahrheit sagte, doch welches Gefühl überwog? War sie böse, dass ihre eigene Tochter sie niedergeschlagen hat, waren es die Schmerzen oder war sie erleichtert, dass dieses Problem entfernt wurde. Sie wusste es nicht.

Emily sagte ihr, dass sie sich hinlegen soll und legte ihr ein Paar Schmerztabletten hin, die sie noch in ihrer Tasche hatte, dann ging sie.

Morgen würde Sie ihr ein Rezept für ein Breitbandantibiotikum bringen um eine Infektion zu verhindern.

Zu Hause angekommen fiel sie müde ins Bett und fühlte sich gut, schließlich hat sie einen chirurgischen Eingriff gemacht und das ganz ohne Beaufsichtigung.

Emily war sich ihrer Sache sehr sicher und hatte offensichtlich kein Gewissen mehr.

6. Entlarvt

Da Dr. Watson nicht verstehen konnte, wer ihm Drogen in den Cocktail kippen sollte, sah er sich an diesem Abend die Überwachungsbänder vom Eingang des Gebäudes an in dem er wohnte, in der Hoffnung irgendetwas merkwürdiges zu finden.
Doch es war, wie Emily es ihm erzählte, sie stützte ihn und brachte ihn mit dem Fahrstuhl nach oben zu seiner Wohnung. Er spulte weiter und sie ging wieder.
Offensichtlich gab es auf dem Band nichts besonderes zu sehen, aber auf einmal bemerkte er, dass sie eine ganze Stunde bei ihm in der Wohnung war, denn das war die Zeit die zwischen dem gemeinsamen Eintreffen und dem Moment in dem sie das Gebäude wieder verließ verging.
Was hätte sie also so lange in seiner Wohnung tun sollen, doch diese Erkenntnis warf nur neue Fragen auf. Er sah sich in seiner Wohnung ganz genau um konnte aber nicht feststellen, dass irgendwas gefehlt hatte oder ähnliches.
Er beschloss es ruhen zu lassen und machte sich noch einmal auf den Weg um Zigaretten zu kaufen. Durch die Fenster vom Wohnzimmer aus konnte man schon ein aufkommendes Gewitter erkennen also beeilte er sich.
Als er über die Straße lief, traf er auf einen Nachbarn, der im Nebengebäude Wohnte und mit dem er abundzu etwas unternommen hatte. Der sprach ihn auf etwas eigenartiges an. „Hey Marc wie geht es dir? Hast du denn eine Frau kennengelernt?" meinte er. Marc hatte auf einmal einen fragenden Ausdruck im Gesicht und fragte wie er auf so etwas kommen würde. Der Nachbar antwortete „Normalerweise schaue ich bei dir nicht durch die Scheiben hinein aber als ich letzte Woche am Balkon war um zu rauchen, sah ich wie du mit einer jungen Frau im Schlafzimmer warst und mit ihr intim warst, ich hoffe das ist nicht schlimm, dass es mir auffiel." Erst war Marc

verunsichert doch dann ging ihm ein Licht auf. Er sagte „Nein kein Problem, ich muss jetzt aber weiter, bevor mich das Gewitter einholt, also bis dann" und ging weiter. Was zum Teufel passierte an diesem Abend mit ihm? Er konnte es sich eigentlich nicht vorstellen aber es wirkte ganz so als ob Emily ihn betäubt und dann vergewaltigt hätte. Auf diesen Schock rauchte er ein paar Zigaretten und versuchte sich zu beruhigen.
Als er wieder nach Hause kam, sah er in den Nachrichten, dass ein junger Student in seiner Wohnung tot und total zerstückelt aufgefunden wurde. Seine Mutter wollte ihn besuchen und machten den grausamen Fund. Die Polizei ermittelte noch doch es gab keine Anhaltspunkte.
Aber da ihn momentan andere Dinge mehr beschäftigten, machte er sich keine großen Gedanken darüber.

Emily jedoch, die zur selben Zeit bei sich zu Hause fern sah, wurde etwas nervös, jedoch hatte sie alle Spuren beseitige, es würde also nie jemand auf sie kommen. Da war sie sich sicher.

Für die nächsten zwei Tage nahm sich Dr. Watson frei um seine Familie zu besuchen und deswegen bekam Emily in der Arbeit nicht mit, dass er wusste, was sie getan hatte. Und obwohl die von ihr zerstückelte Leiche gefunden wurde, schien sie davon wenig berührt und arbeitete ganz normal weiter. Sogar als die Polizei bekannt gab, dass es sich beim Täter wohl um einen Arzt handeln könnte, ließ sie das kalt.

Zu mittag ging sie mit Christina und Cameron in die Kantine und sie unterhielten sich über einen Typen, den Cameron vor kurzem kennengelernt hat und sie teilte ihren Freundinnen alle Details mit, als Emily plötzlich einen Anruf von ihrer Mutter bekam. Sie klagte über starke Schmerzen und erklärte, dass ihre Wunde wohl entzündet war und sie Fieber hatte. Emily die gerade auf die neue Errungenschaft ihrer Freundin konzentriert war, tat es schnell ab und sagte, dass sie am Abend vorbeikommen würde, inzwischen solle sie weiter die Schmerztabletten nehmen und legte auf. Sie hatte vergessen ihrer Mutter das Rezept zu bringen und somit eine gefährliche Infektion riskiert, aber in ihren Augen konnte das noch warten.

Plötzlich machte Cameron einen Vorschlag. Sie könnten doch alle am Abend nach Dienst in die Bar gehen, dann würde sie ihnen Tom, so hieß ihre neue Flamme, vorstellen und da es keine Einwände gab, war das beschlossene Sache.
Außer ein paar Knochenbrüchen und oberflächlichen Wunden, brachte der restliche Tag nicht viel mit sich und da Dr. Watson zwei Tage nicht da war, wurden seine Eingriffe auch um zwei Tage verschoben.

Um 20 Uhr hatten sie Schluss und machten sich auf den Weg zur Bar wo kurz nach ihnen auch der attraktive Tom eintraf. Er war etwas über 1,80 Meter groß, hatte einen schön trainierten und starken Oberkörper und trug einen typischen Army Haarschnitt auf drei Millimeter. Mit einer zerrissenen Jeans und einem sportlichen T-Shirt stellte er sich vor.
Als er über sich erzählte, merkte Emily nicht, wie ernst er es mit Cameron meinte, denn die meiste Zeit sah sie ihn an und nicht er sie, aber das sollte ja nichts heißen.

Alle amüsierten sich gut und waren drei Stunden später auch schon etwas angeheitert.
In Emilys Tasche läutete ihr Handy, doch da in der Bar

etwas lautere Musik lief, bemerkte sie es nicht. Und da sie keinen für sie wichtigen Anruf erwartete, sah sie auch nicht nach.

Tom entschuldigte sich und ging auf die Toilette und Emily musste auch, also folgte sie ihm.
Als sie sich dann bei den Waschbecken trafen und sich ansahen, fragte sie ihn „Und willst du was festes mit Cameron?".
Er lächelte und antwortete „Keine Ahnung..."

Sie ging näher zu ihm, legte ihr Hände auf seine Brust und flüsterte ihm ins Ohr „Wollen wir uns nachher noch treffen? Ich hätte Lust auf ein Abenteuer."
Ihm gefiel dieser Vorschlag offensichtlich, „Klar aber was soll ich Cameron sagen?"
„Dir fällt schon was ein" sagte Emily und ging wieder zum Tisch.
Die Zeit verging und irgendwann meinte Cameron sie sei müde und würde nun gehen. Sie blickte zu Tom und fragte ob er heute mit zu ihr kommen möchte, er jedoch lehnte ab und begründete, dass er morgen früh raus muss und seine Arbeitsutensilien in seiner Wohnung hatte.
Emily huschte ein teuflischer Grinser übers Gesicht, doch auch sie sagte, sie wäre müde und muss nach Hause.

Sie trennten sich und gingen alle in andere Richtungen, bis einige Minuten später plötzlich ein schwarzes Mustang Cabrio neben Emily hielt. Es war Tom und er sagte „Steig ein!", was sie auch sofort tat.
Sie mochte Männer mit schönen Autos und bereits während sie ihm den Weg zu ihrer Wohnung ansagte, spielte sie mit ihrer Hand zwischen seinen Beinen herum.
Die Straßen waren fast leer und er gab nicht zu sparsam

Gas. Während ihr teuflisches Lächeln anhielt, zog ihr der Wind durchs Haar. Sie wusste es war nicht richtig mit dem Date ihrer Freundin zu schlafen, aber sie war eher an ihrem eigenen Wohl interessiert.

Als sie bei ihr eintrafen, schienen alle anderen schon zu schlafen. Sie schlichen ins Haus und sie schloss ihre Zimmertüre.
Es dauerte keine Minute bis sie sich gegenseitig die Kleider vom Leib rissen.
Wild und leidenschaftlich fickten sie am Boden, sie ritt auf ihm und heizte sich während dem Akt eine Zigarette an. Erst fand er das eigenartig doch dann machte es ihn irgendwie an, er fand es sexy wenn Frauen rauchen.
Als sie gerade total bei der Sache waren, vernahm Emily ein läuten an der Haustüre, aber ignorierte es, bis der Besucher kurz darauf selbst ins Haus kam. Und in ihr Zimmer stürmte, wo er die beiden nackt am Boden sah.
Es war ihr Vater, der das Licht anmachte und schrie sie solle sofort rauskommen.
Sie war sehr überrascht ihn hier zu sehen, wickelte sich ein Handtuch um, sagte Tom er solle warten und ging in die Küche.
Total entspannt fuhr sie sich durch ihre zerzauste Mähne und fragte „Daddy was ist los?"
Es war ihm anzusehen, dass er wutentbrannt war, mit lauter Stimme sagte er „Hast du deine Mutter in ihrem Wohnzimmer Operiert? Sag mir dass das nicht wahr ist!"
Sie grinste amüsiert und meinte nur „Sie wollte es so. Nachdem ich sagte sie muss ins Krankenhaus, warf sie Dinge nach mir und sagte, dass das nicht in frage kommt, ich soll es jetzt machen. Da hab ich sie betäubt und ihr den Blinddarm im Wohnzimmer entfernt. Es war ihr Wunsch!"
„Sie ist tot. Die Wunde hat sich entzündet, vermutlich ist

Schmutz reingekommen und daran ging sie zu Grunde und anstatt nach ihr zu sehen, vögelst du hier mit irgendeinem Typen herum. Ich glaubs nicht!", entgegnete er.
Es ist nicht nur verantwortungslos sondern auch strafbar so etwas zu tun, auch wenn sie das wollte, aber dass sie gestorben ist, ist alleine deine Schuld. Ich werde morgen mit meinem Anwalt reden und wir können nur hoffen, dass du da wieder rauskommst. Du hast nur Glück, dass sie nur mir das alles in einer SMS gesagt hat und nicht dem Notarzt." fügte er hinzu.
Da verging ihr das dreckige Grinsen. Ihr Vater sagte, „Morgen Abend kommst du zu mir und wir besprechen wie wir weiter vorgehen" und verließ die Wohnung.

Emily schlug die Hände vor dem Gesicht zusammen und bat Tom zu gehen.

Als sie am nächsten Morgen ins Krankenhaus kam, rannte Christina zu ihr und sagte „Hast du irgendetwas getan? Dr. Watson ist auf der Suche nach dir".
Emily verneinte das und ging weiter, bis sie ihn schließlich auf dem Flur traf.
„Dr. Wild, haben sie kurz Zeit mich ins Konferenzzimmer zu begleiten?" fragte er und sie folgte ihm.
Dr. Forrester war auch anwesend und begann zu reden als Emily dir Türe hinter sich schloss.
„Dr. Wild! Ich habe von Dr. Watson von einem kleinen Zwischenfall erfahren und würde gerne von Ihnen hören, was sie mir über den Abend, als sie Ihren Oberarzt nach Hause gebracht haben, erzählen können."
Emily antwortete „Ja okay. Wir waren am besagten Abend mit meinen Kolleginnen in der Bar in die wir öfters gehen. Nach ein paar Stunden sind Christina und Cameron dann gegangen weil sie müde waren, Dr. Watson und ich sind

aber noch geblieben und haben einen weiteren Drink bestellt. Kurz darauf, ging es ihm nicht sehr gut und er schien angetrunken zu sein. Da beschloss ich ihn nach Hause zu bringen, um zu verhindern, dass er in diesem Zustand alleine unterwegs ist und möglicherweise einen Unfall hat oder ähnliches. Ich habe ihn dann in seine Wohnung gebracht, ihn ins Bett gelegt und bin dann wieder gegangen."

„Okay und was haben sie dazu zu sagen, dass in Dr. Watsons Blut Rohypnol nachgewiesen werden konnte?" erwiderte der Chefarzt.

Emily behauptete, dass sie sich das nicht erklären könne, aber es wäre nicht das erste mal, dass jemandem in einer Bar etwas durch ein Getränk verabreicht wurde, es könnte schließlich jeder gewesen sein.

Dr. Watson sagte dann „Natürlich kann sowas vorkommen, aber wie erklären sie, dass sie über eine Stunde in meiner Wohnung waren, da sie mich ja Ihrer Aussage zu Folge nur ins Bett gebracht haben?"
Damit hatte sie nicht gerechnet, doch woher konnte er das wissen, er lag doch halb bewusstlos im Bett.

Dr. Forrester schritt ein und erwähnte, dass Emily doch an diesem Tag Rohypnol aus der Apotheke geholt habe.

Schnell versuchte sie sich zu rechtfertigen und meinte „Ja, aber ich habe Ihnen doch gesagt, dass ich es für einen Patienten brauchte."
„Aber leider wurde das in keiner Krankenakte vermerkt, ich habe alle von diesem Tag durchgesehen und nirgends wurde aufgezeichnet, dass sie so etwas verabreicht hätten" argumentierte der Chefarzt.

Emily versuchte erneut sich zu rechtfertigen und meinte, dass sie wohl vergessen habe es einzutragen und da fiel ihr Dr. Watson ins Wort „Hören sie doch auf mit diesen Spielchen. Die Vorhänge in meinem Schlafzimmer waren an diesem Abend weit geöffnet und ein Nachbar vom gegenüberliegenden Haus, sprach mich vor Kurzem an, wer denn die Frau sei, mit der ich an besagtem Abend Sex hatte, denn er hat das gesehen. Sie haben mir als ihre Kolleginnen weg waren das Zeug in den Drink gekippt und sich nachher in meiner Wohnung über mich her gemacht. Sowas habe ich noch nie erlebt und trotzdem können sie mir nach wie vor so falsch in die Augen sehen. Unfassbar!"

Emily fühlte sich nun doch in die Ecke getrieben und sagte bloß „Das können Sie nicht beweisen."
Dr. Forrester entgegnete mit einer Entscheidung „Doch das können wir. Sie sind fristlos gekündigt und einen Anwalt sollten Sie sich auch suchen. Packen Sie ihre Sachen und gehen Sie!"
Meinte er das nun ernst? Das kann doch nicht sein. Sie war sich nicht sicher ob sie in einem schlechten Traum steckt oder ob sie gerade wirklich entlassen wurde.

Dr. Forrester und Dr. Watson verließen den Raum und Emily ging um ihre Sachen so holen.
Als sie zu Hause ankam, war sie hasserfüllt und wäre am liebsten explodiert. Was sollte sie jetzt tun, das wird bestimmt ein Nachspiel haben, doch sie war sich sicher, dass der Anwalt ihres Vaters sie auch hier rausholen könnte, wenn sie sich am Abend mit ihm trifft.
Die verbleibende Zeit verbrachte sie vor dem Fernseher und sah sich Reisesendungen an.
Zugleich dachte sie über ihre Situation nach und suchte

einen Ausweg. Sie hat sich einiges zu schulden kommen lassen. Mord, Vergewaltigung, Verstoß gegen das Betäubungsmittelgesetz und Körperverletzung mit Todesfolge. Aus diesem Sumpf könnte sie der beste Anwalt nicht mehr rausholen. Untertauchen ist die einzige Möglichkeit und in dieser Sekunde kam im Fernsehen ein Beitrag über Texas. Wäre das eine Option? Immerhin hatte sie noch ein Sparbuch, das ihr Vater kurz nach dem ersten Treffen für sie eingerichtet hat, auf dem sich ungefähr 50.000 Pfund befanden.
Sofort griff sie zum Telefon und buchte einen Flug nach Texas der bereits am nächsten Tag stattfinden sollte.
Sofort sprang sie auf und packte ihre Sachen zusammen.
Alles was ihr irgendwie wichtig war, packte sie in zwei Koffer, den Rest müsste sie zurücklassen.
Sie versteckte ihr Gepäck im Schrank und ging zur Bank um das Sparbuch aufzulösen.
Sie war also bereit der Tragödie zu entfliehen, nur erfahren dürfte keiner wo sie war.
Zu guter letzt verfasste sie noch Briefe für die Menschen die ihr am meisten am Herzen lagen.
Für ihren Vater, Robert, ihre Mitbewohnerinnen und Kolleginnen.
In den Briefen erklärte sie, dass es einige Probleme gibt, und sie neu anfangen möchte.
Keinen Hinweis wohin sie geht, nur dass sie geht.

Gegen 20 Uhr machte sie sich auf den Weg zu ihrem Vater, der sie schon erwartete. Mit bösen Blicken öffnete er die Türe und fragte sie, was denn mit Dr. Watson passiert sei.
Wie üblich spielte sie alles runter und meinte nur, dass der eine blühende Fantasie habe.
Auch als ihr Vater meinte, dass Dr. Forrester keinen entlassen würde, wenn es sich nur um Fantasien handelt,

stritt sie weiterhin alles ab.
Eine halbe Stunde später traf der Anwalt ein und sie unterhielten sich als erstes über die verstorbene Mutter.
„Sie werden vor Gericht erklären, dass ihre Mutter sie angefleht hat, sie zu Hause zu operieren, da sie schreckliche Angst vor Krankenhäusern hatte und dass es eine lebensnötige Operation war.
Dass sich die Wunde infiziert hat und sie daran zu Grunde ging, davon konnte keiner Ausgehen und da Sie auch einen Job haben, konnten Sie nicht Rund um die Uhr für Kontrollen vorbeikommen." meinte der Anwalt.
Sie unterhielten sich weiter über ihre Aussage, und kamen dann zu dem Fall mit ihrem Oberarzt, der eine Anzeige gegen sie erwirkte, die sie für den Diebstahl und die Verabreichung eines Betäubungsmittels sowie den dadurch entstandenen sexuellen Missbrauch vor Gericht bringen sollte.
Alle Details wurden genau erörtert und anschließend fuhr Emily nach Hause, da bisher noch kein Haftbefehl ausgestellt wurde.

7. Flucht

Am nächsten Morgen um 4 Uhr läutete ihr Wecker. Sofort ging sie unter die Dusche und machte sich zur Abreise bereit. Sie bestellte ein Taxi, legte die Abschiedsbriefe auf den Wohnzimmertisch und machte sich aus dem Staub.

Nach elf Stunden Flugzeit landete sie schließlich in Austin.
Sofort kaufte sie ein günstiges Auto bei einem Händler der dank etwas Schmiergeld keinen Ausweis verlangte und machte sich auf den Weg in den Süden des Landes.
Bis sie in Brownsville ankam, einer Stadt mit knapp 200.000 Einwohnern.
Da sie keine Zeit verlieren wollte, kaufte sie sich ein kleines Haus, was bei den dortigen Preisen absolut kein Problem darstellte.
Zu ihrem Glück waren die Gesetze in diesem Land nicht annähernd so wie in ihrer Heimat und so konnte sie leicht Fuß fassen.
Um wenig Geld konnte sie sich eine neue Identität aneignen und legte die Prüfung zur Allgemeinmedizinerin ab.

Schon bald hatte sie sich in der Stadt einen Namen gemacht und lebte gut von den Patienten, die sich durch ihre Erfahrung heilen und operieren konnte...